나를
기다리는
설렘

나를
기다리는
설렘

이강남 수필집

연암서가

지은이 **이강남**

한국은행 조사부장과 국제부장 이사, 부총재보를 역임하고 한국금융연수원장과 한국
금융연구원 초빙연구위원으로 재직했다. 서울대학교 농경제학과, 미국 위치타대학원
경제학과를 졸업하고 뉴욕대학 경영대학원에서 수학했다. 저서로는 수필집 『축복』과
『국제금융론』이 있다. 두 차례 '대한민국 미술대전'에 입선하였으며, 아동과 지적장애
인을 위한 미술치료사(ART THERAPIST) 자격증을 가지고 있기도 하다.

나를
기다리는
설렘

2014년 2월 20일 초판 1쇄 인쇄
2014년 2월 25일 초판 1쇄 발행

지은이 ㅣ 이강남
펴낸이 ㅣ 권오상
펴낸곳 ㅣ 연암서가

등 록 ㅣ 2007년 10월 8일(제396-2007-00107호)
주 소 ㅣ 경기도 고양시 일산서구 호수로 896번지 402-1101
전 화 ㅣ 031-907-3010
팩 스 ㅣ 031-912-3012
이메일 ㅣ yeonamseoga@naver.com
ISBN 978-89-94054-53-7 03810

값 15,000원

내가
기다려집니다

"나는 '내가 알고 있는 나'보다 더 아름다운 사람인가?"

지난봄 금융인들에게 인성 강의를 시작하며 참석자들에게 물었던 질문입니다. 수강자 대부분이 선뜻 대답을 하지 못합니다. 그러면서 "자신에 대해 생각해 보겠습니다."라고 말합니다. 젊은 날, 아마 나도 같은 대답을 하지 않았을까 싶습니다.

침묵으로 하루를 시작합니다. 가부좌 자세로 30여 분을 침묵의 고요에 머무르는 시간입니다. 관상적 침묵이기도 합니다. 늦은 나이에 시작한 작은 습관이지만 자신을 볼 수 있는 소중한 시간입니다. '나는 누구인가?' 평생을 물어도 온전한 답을 찾을 수 없지만 지금 이렇게 답해 보고 싶습니다. '나는 나약한 존재입니다. 하지만 나는 내가 알고 있는 나보다 더 아름다운 사람입니다.'라고 말하고 싶습니다. 내 안에는 '무한한 나' 바로 '원형의 나'가 있기 때문입니다. 이런 생각을 하면 나 자신이 한없이 기다려집니다. 삶의 마지막 날까지 자신에 대한 기다림의 삶을 살 수 있어 감사하게 됩니다.

이 순간 내가
별들을 쳐다본다는 것은
그 얼마나 화려한 사실인가

오래지 않아
내 귀가 흙이 된다 하더라도
이 순간 내가
제9교향곡을 듣는다는 것은
그 얼마나 찬란한 사실인가

피천득 선생의 시 「이 순간」의 서두입니다. 시를 낭송할 때마다 세상은 언제 어디서나 매순간 나를 초대하고 있음을 생각합니다. 머물러 보아 주면 세상은 모두가 경이로움입니다. 오늘도 세상 아름다움을 찬미하며 감사하고 싶습니다.

세상은 단순함이 아름다움이라고, 보이지 않는 것이 더 큰 아름다움이라고 말합니다. 그러면서 나에게 먼저 단순함으로, 자유로움으로 돌아가라고 일러 줍니다. 나 자신으로 존재하는 것이 참 아름다움이라고 말해 줍니다.

"세상의 아름다움을 즐기십시오. 그리고 나만의 아름다움을 찾아 가십시오."

지난해 대학생들에게 한 강연 내용입니다. 젊은 학생들에게만 하고 싶은 이야기는 아닙니다. 나 자신에 대한 바람이며 삶의 지향이기도 합니다. 아름다운 삶은 자신을 진정 사랑하는 삶이라고 말하고 싶었습니다. 자신에 대한 믿음과 기다림이 있는 삶, 그리고 자기 안에 무한히 잠재되어 있는 아름다움과 선함을 세상에 발현發現하며 살아가는 삶이었습니다.

침묵은 자기사랑을 키워 줍니다. 자기사랑, 즉 자애self-esteem에는 놀라운 치유의 힘이 있습니다. 스스로를 사랑하는 사람에게는 차가운 겨울날도 온화한 봄날이요, 삶의 아픔도 아름다움으로 승화됩니다. 세상은 새로움이고 삶은 감사입니다. 침묵 안의 치유는 자아의 확장이고 선한 본성의 회복입니다.

침묵 안에서 자신과 세상 아름다움을 새롭게 만나며 삶의 기쁨과 아픔을 관조하는 마음으로 써본 글입니다. 나를 찾아가는 기쁨을 그림과 시 그리고 치유와 안복眼福의 이야기로 엮은 글은 일상의 삶에서 나 자신에게 끊임없이 묻는 글이기도 합니다. 세상의 답보다 자신의 물음이 더 소중했습니다. 물음이 나를 확장해 줍니다. 글을 열며 이렇게 묻고 싶습니다.

"나는 무엇을 보았는가? 그리고 무엇을 볼 것인가?"

나 자신이 기다려집니다.

차례

1

나를 기다리는 설렘

나의 부족함도
나다운
아름다움입니다

__그림이 나에게 일러준 말

어떤 사람에게는 그림은 삶 그 자체요 생활이지만 나 같은 사람에게는 취미요 여가 선용의 기회다. 그림에 대해 초보적인 경험밖에 없는 사람이 감히 그림을 이야기한다는 것이 주제넘은 일이기도 하지만 돌이켜보면 나에게 그림과의 만남은 나를 찾고, 나를 만나는 길이었다.

남도 무등산無等山을 찾았다. '눈부신 햇빛 속에 갈맷빛의 등성이를 드러내고 서 있는 여름 산'이다. 산세의 흐름이 장대하고 단순하여 산행이 유유하고 여유로웠다. 정상 부근에 다다르니 서석대의 입석바위들이 환한 햇살에 영겁의 침묵으로 다가온다. 웅장한 돌

봄기운 감도는 무등산 설봉, 박상섭

들의 자태가 대형 조각품처럼 장중하고 신비로웠다. 정상에서 멀리 빛고을을 내려다보니 무등산과 함께한 어린 시절의 추억들이 주마등처럼 스쳐 지나갔다.

초등학교 시절, 학교 운동장 남쪽으로 탁 트인 무등산을 바라보며 그림을 그리고 꿈을 키웠다. 눈을 반쯤 감은 채 그림을 그리시던 미술 선생님, 석양의 산등 그림자를 그리도 아름답게 그리셨던 선생님의 붓 터치를 보며 그림을 배웠던 어린 날들은 그림에 대한 꿈을 키웠던 시절이었다. 집에서는 노래와 그림을 좋아하셨던 어머님의 영향도 받은 것 같다. 어머님이 그려 주셨던 사과 정물화의 진홍 색감이 지금도 내 마음에 생생히 살아 있다. 고등학교 졸업 이후에는 대학 진학과 직장 생활로 그림을 그린다는 것은 상상도 할 수 없는 일이었다. 분망한 세월, 그림을 잊고 살아 왔지만 내 안에는 그림에 대한 그리움이 살아 있었던 것 같다.

사람과 사람과의 만남은 인연이라고 하는데 사람과 그림과의 만남도 인연이 아닐까 싶다. 바쁜 직장 생활을 하고 있던 1997년 봄, 서양화가 김일해 화백과의 만남은 우연이었다. 어느 날 불쑥 분당 화실로 김 화백을 찾아가게 된 것은 텔레비전 문화 프로그램에서 방영된 그의 미술 강의를 듣고 난 뒤 그를 만나보고 싶어서였다. 그때까지 그의 경력이나 화풍에 대해서는 아는 바가 없었다. 나중에 알게 된 사실이지만 그는 '자연을 자신의 감성과 교합해 자유롭게 해석하고 그

것을 서정적, 시적 언어로 표현'한 우리 시대의 대표적인 자연주의 작가 가운데 한 사람이었다. 김 화백을 만나 그의 호의로 그림 지도를 받게 된 것은 큰 행운이었다. 그것은 내 생활에 큰 변화를 가져왔고 일상에서 활기와 기쁨을 찾는 계기도 되었다.

매주 토요일 오후 그의 화실에서 그림을 배우고 그리는 기쁨은 마치 한지에 물이 스며들 듯 충만한 것이었다. 그림에 맛들이며 아내와 함께 주말이면 그림의 주제를 찾아 여행길에 나섰다. 역사와 삶이 흐르는 섬진강의 봄 꽃길, 가을빛이 물든 부안의 내소사, 철쭉의 군무에 덮인 지리산 비래봉, 사과 향기 그윽한 영주 부석사, 기암절벽에 묻힌 봉화 청량사, 염원을 실은 화순 운주사 천불천탑, 노송이 아름다운 보길도 예송리 해변, 신명과 원형의 땅 진도, 메밀꽃이 피어 있는 이효석 생가, 극락정토 보령의 무량사, 그리고 물이 좋아 여인네들의 피부도 고운 울릉도. 그 외에도 발길 닿는 대로 우리 땅을 찾아가, 부딪치고 어울리며 우리 것의 아름다움을 몸으로 느껴 보려고 했다. 그림의 주제를 찾는 여행에서는 평소 쉽게 지나칠 수 있는 작고 평범한 것에서도 경이로움과 설렘을 경험할 수 있었다.

재일 동포 건축가 이타미 준(伊丹潤)이 설계한 제주 '물미술관'을 방문했을 때의 일이다. 입구에 들어서는 순간, 고요한 수면의 단순한 실내 공간이 그렇게 편하게 느껴질 수가 없었다. 한참을 그대로 머물렀다. 단순한 공간은 정화와 치유의 공간이었다. 밖으로 나오니 눈에 보이는 하늘과 땅이 새롭게 보였다. 여행길에서 머문 단순한 공간은 마음을 정화하여 오늘의 나를 지탱해 주는 힘이 되는 것 같다.

그림의 주제를 찾아 나서는 길에는 항상 즐거움만 있는 것은 아니었다. 한번은 남대문시장에서 그림 노상의 과일 수레를 카메라에 담고 있었는데 갑자기 주인이 나타나 사전에 양해를 구하지 않고 사진을 찍었다며 필름을 내놓으라고 큰 소리를 쳤다. 얼마나 당혹스러웠는지 모른다. 이날 어렵게 양해를 구하고 찾은 주제는 훗날 그림 '석류와 청포도'가 되기도 했다.

여행길에서 돌아와 그림에 몰두하는 시간은 나를 찾고, 나를 만나는 시간이었다. 늦은 밤, 그림 작업에 열중하다가 잠시 뒤로 물러나 그린 그림을 보면 스스로 놀랄 때가 있다. 생각하지 않았던 유연한 선의 흐름과 색조의 연결이 환상적이다. 뜻밖의 그림이다. 몰입하여 그리다 보니 나도 모르는 사이에 그려진 그림이다. 그림은 그리는 것이 아니고, 그려지는 것이었다. 나도 모르는 내 안의 내가 그려낸 것이다. 그림에 몰두하는 시간은 바로 내 원형의 아름다움을 찾아가는 시간이 아닌가 싶었다.

그림을 배우면서 이런 일도 있었다. 2009년 봄, 아내 친구이며 파리 대학에서 미학을 전공한 원미랑 화백이 우리 집 화실을 방문했다. 해외에서 탁월한 기량으로 자신의 미술 세계를 구축한 그녀의 방문에 은근히 격려의 말을 기대했다. 화백은 화실에서 내 그림들을 유심히 보더니 "그림을 정직하게 그리셔야겠어요."라고 말한다. 순간 부끄럽기도 하고 당황스러웠다. 그녀의 솔직한 말이 얼마나 소중한 충고였는지는 후일에야 알게 되었다. 그림 공부를 하는 사람에게 서툴더라도 나다운 그림, 바로 자신의 그림을 그리라는 충고였다. 화백은 "일기를 쓰듯 그림을 그리라."라는 말도 남긴다. 남을 의식하지 말고 온전히 나 자신을 표현하라는 말이다. 이 말에 어느 겨울날 아침, 나의 모습이 회상된다.

눈 내린 아침이었다. 동네 뒷산 눈 덮인 언덕에 올라 텅 빈 학교 운동장을 내려다보고 있었다. 홀연히 화가 잭슨 폴록Jackson Pollock 이 생각났다. 지금 저 눈 덮인 텅 빈 운동장에 그가 서 있다면 어떤 그림을 눈 위에 그릴까. 미국 현대 회화의 대표적 작가인 그는 캔버스 위에 물감을 흘리고 뿌리며 그때마다 생기는 우연적 현상을 그림으로 완성해 가는 소위 행위 미술 작가다. 그가 그림에 몰두할 때는 "무엇을 하고 있는지 거의 의식하지 못한다."고 말한다. 오직 무아의 경지에서 그림 그리기에 몰입하여 자기 원형의 아름다움을 찾아간 화가라고 할 수 있다.

폴록을 생각하니 홀연히 나도 눈 덮인 운동장에 내려가 장대 같은 큰 붓을 들고 내 안의 율동적 느낌에 따라 손과 몸이 움직이는 대로 맘껏 휘저으며 그림을 그리고 싶어졌다. 농익은 색감의 물감을 마음껏 칠하고 뿌려 보고 싶다는 충동이 솟구치지 않는가. 세상 누구도 의식하지 않고 몸과 마음 가는 대로 온전히 자유롭게 그림을 그려내는 나의 모습을 상상하니 갑자기 내 마음이 환해졌다. 온전히 '나다움'을 운동장에 토해내는 멋진 순간이 아니겠는가. 나를 찾은 환한 아침이었다.

원 화백의 '자신의 그림을 그리라'는 말은 비단 그림에만 국한되는 말이 아닌 듯싶다. 자신에게 정직한 삶, 바로 있는 그대로의 나를 받아들이고, 드러내며 살아가라는 말이기도 했다. 자신의 나약함과 부족함을 세상에 드러낼 수 있을 정도로 자신을 사랑할 수 있을까. 자기사랑에도 자신을 드러내는 아픔이 있어야 했다. 아픔 없는 사랑이 어디 있을까.

오늘도 그림을 그린다. 자신의 그림을 애써 그리지만, 그리고 나면 부족함에 항상 아쉬움이 남는다. 이때 그림이 말한다. '나의 부족함도 나다운 아름다움입니다.' 시인 더글러스 마렉이 「우리의 아름다움」을 노래한다.

우리의 아름다움

더글러스 마렉

기대한 만큼 채워지지 않는다고 초초해 하지 마십시오
믿음과 희망을 갖고 최선을 다한 거기까지가

우리의 한계이고 그것이 우리의 아름다움입니다.

누군가를 사랑하면서 더 사랑하지 못한다고 애태우지 마십시오
마음을 다해 사랑한 거기까지가
우리의 한계이고 그것이 우리의 아름다움입니다.

누군가를 온전히 용서하지 못한다고 부끄러워하지 마십시오
아파하면서 용서를 생각한 거기까지가
우리의 한계이고 그것이 우리의 아름다움입니다.

남과 같이 달리지 못한다고 내 걸음을 아쉬워하지 마십시오
내 모습 그대로 최선을 다해 걷는 거기까지가
우리의 한계이고 그것이 우리의 아름다움입니다.

세상의 모든 꽃과 잎은 아름답게 피지 못한다고 안달하지 않
습니다
자기 이름으로 피어난 거기까지가 꽃과 잎의 한계이고, 그것
이 최상의 아름다움입니다

스스로 알고 있는 나보다
더
아름다운 나

_자기소개서가 말한다

지난봄, 아내의 권유로 난생 처음 수지도서관에서 글쓰기 강좌를 들었다. 첫날 수업을 시작하면서 각자 자기소개서를 쓰게 되었다. 오랜만에 써보는 자기소개서다. 그날 쓴 글이다.

"새삼 자기소개의 글을 쓰자니 조금은 쑥스럽기도 하고 또 두렵기도 합니다. 사람들 앞에 잘 쓰고 싶어서가 아닙니다. 자기를 소개하면서 '내가 나 자신을 얼마나 알고 있나' 자문해 보니 '자신도 모르는 나'를 소개하는 것 같아서 하는 말입니다."

돌이켜보면, 분망함으로 살아온 삶, 나를 보지 못하고 살아온 부족한 삶이 아니었는지 스스로 묻고 싶습니다. 내가 누구인지, 또 내 안에 '너무 많은 내'가 있는 줄도 모르고 살아온 삶이 아니었나 싶습니다. 이제야 '내 안의 나'를 보면서 어느 날 자신의 허물과 거짓 자아에 자괴하며 이를 외면하고 싶을 때가 있습니다. 나의 나약함과 이중성, 단순하다가도 한없이 복잡한 나, 너그럽고 관대하다가도 마음씀이 각박한 나, 진솔하다가도 가식과 과장을 버리지 못한 나, 겸손을 말하면서 스스로를 드러내고 싶어 하는 나, 이런 양면성을 가진 나를 보게 됩니다.

이런 모순된 나를 보다가도, 어떤 때 '내 안의 내'가 홀연히 경이로움과 그리움으로 다가올 때가 있으니 자신도 모를 일입니다. 내 안의 나는 참으로 신비한 것 같습니다. 밝고 성스러운 것과 어둡고 속된 것들이 같이 머무르는 내 안의 나, 이런 나를 이제는 점점 좋아하게 되었습니다.

자신을 정직하게 본다는 것은 치유의 시작이었고, 나를 찾는 일이었습니다. 어느 날, 침묵 중에 내 안의 상처와 아픔, 나약함을 보고 이것들에 정직히 다가가 '아픈 나', '외로운 나'를 보듬어 주면 내가 왠지 편해짐을 느낍니다. 그러면서 주위 사람들도 나에게 편안함으로 다가옴을 느낍니다. 모두가 상처받고 아픔이 있는 사람들이기에 이들에게 작은 연민의 정으로 다가가고 싶을 때가 있습니다. 세상에 상처와 아픔에 시달리는 사람은 있어도 나쁜 사람은 없

환타지아, 정우범

다고 믿고 싶어집니다. 자신의 아픔과 상처가 치유되면 누구나 선한 본성이 되살아나기 때문이 아닌가 싶습니다.

이제 나는 내 안의 나를 찾아가고 싶습니다. 있는 그대로의 나, 내 안에 숨겨진 아름다움과 선함을 만나고 싶습니다. 무의식에는 별빛 같은 아름다움과 순수함이 무한히 잠재되어 있습니다. 나는 감히 "스스로 알고 있는 나보다 더 아름다운 사람이다."라고 말하고 싶습니다. 그리고 아내에게도 "당신은 내가 알고 있는 당신보다 더 아름다운 사람이다."라고 말해 주고 싶습니다. 아니, 그렇게 믿고 싶습니다. 이 믿음이 기다림의 삶을 지탱해 주는 힘이 됩니다. 기다림의 삶은 그 자체가 아름다움이며 축복이라고 생각합니다.

지금 나에게는 감사하게도 안복을 누릴 수 있는 작은 여백이 있습니다. 안복의 기쁨은 나를 치유합니다. 세상을 아름답게 보고 느끼는 일은 자신의 선한 본성을 회복하는 일이었습니다. 나는 미술관 그림 앞에 홀로 서 있는 여인의 뒷모습 보기를 좋아하고, 누드화 보기를 즐깁니다. 저녁 전등 불빛 아래, 아내의 책 읽는 모습도 사랑합니다. 동네 솔숲길의 바람결과 석양 노을빛을 좋아하고 아이들이 집으로 돌아간 봄날의 텅 빈 학교 운동장을 좋아합니다. 초저녁 서산마루의 별빛과 대나무 숲의 바람결 소리를 좋아합니다. 세상은 언제 어디서나 매순간 나를 초대하고 있었습니다. 머물러 보아주면 세상은 경이로움이었습니다.

세상은 그 아름다움을 마음에 여백과 단순함을 지닌 사람에게
드러내고 있었습니다. 세상은 단순함이 아름다움이라고, 보이지
않는 것이 더 큰 아름다움이라고 말합니다. 그러면서 아픔이 없는
아름다움은 없다고 말합니다. "어둠은 결코 빛보다 어둡지 않다."
는『혼불』의 작가 최명희의 말을 생각합니다.

　나는 손녀가 그린 그림을 좋아합니다. 어린이의 그림은 모두가
동화며 동시입니다. 손녀 그림을 모아 두었다가 훗날 손녀가 시집
가는 날, 할아버지의 선물로 전해 주고 싶습니다. 먼 훗날 할머니
가 된 손녀가 삶의 여정에서 그 그림을 보고 '어린 날의 나'로 돌아
갈 수 있었으면 합니다. 나도 지금 '어린 날의 나' 바로 '본향의 나'
로 돌아가고 싶습니다. 본향의 나, 정호승 시인의「봄길」이 노래합
니다.

　　봄길

　　　　　　　　　　　　　　　　　　　　　정호승

　　길이 끝나는 곳에서도
　　길이 있다
　　길이 끝나는 곳에서도
　　길이 되는 사람이 있다

스스로 봄길이 되어

끝없이 걸어가는 사람이 있다

강물은 흐르다가 멈추고

새들은 날아가 돌아오지 않고

하늘과 땅 사이의 모든 꽃잎은 흩어져도

보라

사랑이 끝난 곳에서도

사랑으로 남아 있는 사람이 있다

스스로 사랑이 되어

한없이 봄길을 걸어가는 사람이 있다

세상의 답보다
자신의 물음이
더 소중하다

살다 보면 세상의 답을 구하기보다 나 자신의 물음을 갖는 것이 더 소중하게 느껴질 때가 있다. 나 자신에 대한 물음이 있어야 나다운 삶, 바로 자아의 삶을 살아갈 수 있기 때문이다.

삶에서 행복이란 무엇일까? 세상 사람이 말하는 행복을 찾기보다 행복에 대해 스스로 물으며 살아가는 것이 어떨까 싶다. 행복은 각자가 나다운 삶 에서 끊임없이 확장될 수 있는 무한의 세계다. 행복의 참 경지를 누가 감히 언어로 온전히 표현할 수 있겠는가. 행복을 "이것이야."라고 말하다 보면 스스로 그 테두리 안에 얽매이게 된다. 프랑스의 노벨문학상 수상자 르 클레지오Jean Marie

구름이 쉬어가는 퀴놀트 호수

Gustave Le Clezio는 "지혜로운 사람은 삶에 대해 끊임없이 쉬지 않고 질문을 던지는 자다."라고 말했다. 물음은 자신의 삶을 끊임없이 확장해 준다.

이스라엘 가정에서는 자녀들이 학교에서 돌아오면 부모가 "오늘 학교에서 무얼 배웠니?"라고 묻지 않는다. "오늘 선생님께 무슨 질문을 했니?"라고 묻는다. 올바른 물음을 갖는 어린이는 스스로 자기를 찾아 성장해 나갈 수 있기 때문이다. 누구에게나 참된 물음은 삶의 경지를 확장해 주는 놀라운 힘이 있다.

사람들은 일상의 우연한 만남에서 작은 물음을 가질 때가 있다. 2011년 봄, 예술의 전당 한가람미술관에서 '고흐의 별밤과 화가들의 꿈'이라는 파리 오르세 미술관의 기획전이 있었다. 밀레의 '봄', 세잔의 '카드놀이 하는 사람들'과 반 고흐의 '별이 빛나는 밤' 등 오르세미술관의 대표작이라 할 수 있는 보석 같은 작품들이 전시되었다. 특히 클로드 모네의 작품으로 '고디베르 부인', '정원의 여인들'과 지금도 기억에 남는 '임종을 맞는 카미유(Camille sur son lit de mort)' 작품이 전시되었다. 죽음을 주제로 한 모네의 그림이 나의 관심을 끌었다. '모네에게 카미유의 죽음은 무엇인가'라는 생각에 그림 앞에 서 있었다. 마침 관람객 중 한 젊은 여인이 오디오 가이드를 귀에 끼고 모네의 '카미유' 그림 앞에서 설명을 듣고 있었다. 잠시 후 그녀는 옆 그림으로 천천히 이동한다. 나도 모르게 그녀

곁으로 다가갔다.

"실례지만, 지금 보신 모네 그림에 대해 조금 알고 싶습니다
만…."
무례한 나의 행동에 힐끗 나를 한 번 쳐다본 여인은
"제가 말로는 표현할 수 없네요. 직접 들어 보셔요." 하며 오디오
가이드를 내게 건네주는 것이 아닌가. 그녀의 호의로 '임종을 맞은
카미유' 작품을 조금은 이해할 수가 있었다.

1870년 클로드 모네와 결혼한 카미유는 모네의 젊은 시절 그
의 모델이 되어 '초록색 드레스'와 '정원의 여인들' 작품에 등장
한다. 모네와 카미유 사이에는 두 아들이 있었는데 1878년 미셸
이라는 두 번째 아들이 태어난다. 그때 그녀는 자궁암의 진단을
받게 된다. 당시 모네 부부는 재정적으로 가장 힘들었던 시기
였는데 카미유는 1879년 9월 서른두 살의 나이로 고통 속에 그
녀의 짧은 생을 마감하게 된다. 모네는 사랑하는 아내의 마지막
모습을 영원히 간직하고자 괴로운 시도였지만 한 인간의 고통스
럽고 고독한 모습을 작품에 표현하고자 했던 것이다.

한 관람객의 친절로 그림 설명을 듣고 보니 모네의 아내에 대한
사랑과 이별의 아픔이 작품에 살아 숨쉬고 있지 않은가.

카미유의 마지막 모습을 담은 모네의 그림 앞에서 스스로에게 묻고 있었다. 죽음은 무엇인가? 삶이 끝나는 날, 나의 마지막 모습은 어떤 모습일까? 나에게 느닷없이 찾아온 물음이었다. 생의 마지막 모습은 인간의 일이 아니지만 윤동주의 시구처럼 "별을 노래하는 마음으로/ 모든 죽어가는 것을 사랑"할 수 있다면 그리고 삶이 끝나는 날, 나를 사랑하고 세상을 사랑하였노라고 말할 수 있다면 얼마나 복된 삶일까 잠시 생각해 보았다.

몇 해 전, 이태석 신부님의 삶을 담은 영화 '울지마 톤즈'를 관람하였다. 아프리카에서 아픔과 고통 중에 있는 사람들을 위해 헌신적으로 봉사활동을 하다 그만 47세의 젊은 나이로 세상을 떠나신 신부님의 생애가 고귀한 삶으로 다가왔다. 영화에서 신부님의 사랑을 받았던 남수단 학생들이 장례식 비디오 영상을 보면서 슬픔을 가누지 못해 구슬 같은 눈물을 흘리며 사무치게 신부님을 그리워하는 장면에서 나도 울었다. 한센병으로 손가락이 뭉개져 없어진 시각장애 할머니가 신부님 사진을 가슴에 보듬어 안고 눈물을 흘리며 기도하는 장면을 보면서 신부님의 사랑이 상처받은 사람들의 선한 본성을 다시 살려 주신 것 같았다. 울컥 나도 모르게 눈물이 쏟아졌다. 영화가 끝나고도 좌석에 한참을 머물렀다. 눈물을 주체할 수 없었다. 관객이 모두 떠나고 마지막으로 극장문을 나섰다. 밤길을 걸으며 "오늘밤 눈물은 나에게 무엇인가?" 스스로 묻고 있다. 마음과 눈을 맑게 해준 눈물이다. 눈물 끝에서 슬픔은 무너지고 순수한 내가 다시 살아나지 않는가. 마종기의 시 「기도」가 말한다.

하느님
나를 이유 없이 울게 하소서.

눈물 속에서
당신을 보게 하시고
눈물 속에서
사람을 만나게 하시고

죽어서는
그들의 눈물로 지내게 하소서.

살다 보면 스스로 부질없는 물음을 던질 때도 있다. 몇 해 전 미국에 계신 장모님께서 손자 결혼 축하를 위해 한국에 오셨다가 미국으로 다시 돌아가시는 날이었다. 출발 시간에 늦지 않도록 전날 점검한 차로 아내와 함께 장모님을 모시고 일찍 인천공항으로 향했다. 올림픽대로 행주대교 부근에서 달리던 차의 엔진이 갑자기 꺼져 버렸다. 가까스로 터널을 빠져나와 길옆에 차를 세우고 보험사의 긴급수리서비스를 받았으나 엔진 부품 고장으로 당장 수리가 불가능하다고 한다. 비행기 출발 시간에 우선 늦지 않기 위해 달리 방법이 없었다. 고장 난 차를 견인하여 인천공항까지 가기로 하였다. 견인차에 범퍼가 들려 끌려가는 차 운전석에는 내가, 뒷좌석에는 장모님과 아내가 타고 가는 모양이 마치 코미디 영화 장면이 되어 버렸다. 공항 고속도로를 달리는 차들이 견인된 차에 탄 우리 가족을 바라보며 진풍경에 웃으며 지나간다. 장모님께 면구스럽기 이를 데 없었다. "오늘 정말 죄송합니다." 말씀드리니 "이 서방, 이렇게라도 갈 수 있으니 다행이네." 하며 위로해 주신다. 예정보다는 늦은 시간에 공항 터미널에 도착하였으나 다행히 비행기 탑승 수속에는 지장이 없었다. 예상치 않은 고장으로 애를 먹었으나 장모님께서 예정대로 출국하실 수 있어 감사했다.

집에 돌아오는 길에 '하필 오늘 같은 날 왜 이런 일이 생겼을까?' 나 자신에게 물었다. 부질없는 물음이다. 예상치 못한 일과 부딪치며 살아가는 것, 바로 삶이 아닌가. 어느 시인은 말한다. 왜 외로운지 묻지 말라고. 외로우니까 사람이지 않는가. 삶의 본질은 그대로 받아들이라고 한다. 공감 가는 말이다. 느닷없이 닥치는 크고 작은 어려움이나 아픔도 견디다 보면 지나가는 것이 삶이라 생각하니 마음이 편해진다.

이제 나에게 묻고 싶어진다. 나에게 삶은 무엇인가? 고통과 아픔, 그리고 죽음은 무엇인가? 모두가 소중한 물음이다. 살아가며 나에게 가장 소중한 물음은 무엇일까?

지난여름, 6·25 특집 다큐 '잊혀진 아이들'을 시청한 적이 있다. 한국전쟁에서 혼혈아로 태어난 미국인이 모국인 한국에 와서 어머니를 찾기 위해 자신이 머물렀던 고아원을 찾아 백방으로 수소문하였으나 아무런 결과도 얻지 못하고 그만 미국으로 돌아가게 된다. 허전한 마음으로 인천공항을 떠나며 울먹이며 그는 이렇게 외친다. "나는 누구입니까?" 존재의 근원에 대한 사무치는 그리움을 토로하는 물음이다. 그의 물음은 모든 사람, 아니 나 자신의 물음이다.

"나는 누구인가?" 내 존재의 근원을 묻는 동경의 물음이다. 침묵이 있는 이 물음의 바닥에서 나는 '순수하고 선한 잠재력을 지닌 무한한 나' 바로 원형의 나로 돌아가고 싶은 나를 만나게 된다. 생의 마지막 날까지 나 자신을 지탱해 주고, 나를 끊임없이 확장해 주는 소중한 물음이다.

아내를 아는 만큼,
아내가
보이지 않는다

__타고르의 제목이 없는 그림

제목이 없는 그림이 좋다. 제목이 없는 그림 앞에 서 있으면 자유롭다. 제목이 없는 그림은 작가가 사람들에게 어떤 의미나 느낌을 강요하지 않고 자유롭게 그림을 볼 수 있게 하기 때문이다.

나는 그림을 직관적으로 보는 편이다. 그림에서 어떤 느낌이나 의미를 찾으려 하기보다는 그저 그림 앞에 머물러 있을 뿐이다. 이렇게 그림 앞에 서 있다 보면 순간 느닷없이 그림이 어떤 느낌으로 다가올 때가 있다. 말로 표현할 수 없는 느낌. 조금은 황홀한 느낌이어도 좋고 지나간 아픔의 기억을 살려 주는 느낌도 좋고 작가와 잠시 공명하는 느낌으로도 좋다. 제목 없는 그림이 홀연히 가져다 주는 느낌, 이러한 미적 경험은 무의식 안에 살아남아 삶을 지탱해 주는 힘이 되기도 한다.

 2011년 가을 국립중앙박물관에서 인도의 시성 라빈드라나트 타고르Rabindranath Tagore의 회화전이 있었다. '동양의 등불'로 잘 알려진 타고르는 시집 『기탄잘리』를 통해 동양인 처음으로 노벨문학상을 수상한 시인으로만 알고 있었기에 이날 'The Last Harvest'라는 회화전은 특별한 호기심을 불러일으켰다. 회화전을 관람하며 알게 된 사실이지만 타고르는 시뿐만 아니라 소설 연극 음악 무용 회화 등 다양한 예술 분야에서 많은 업적을 남겼다. '언어의 제약에서 자유로운 회화'를 시작한 것은 그의 나이 60대 중반이었다.

 전시된 작품은 생전에 그린 2,500여 점의 작품 가운데 일부로 주로 풍경화와 인물화 작품들이었다. 정규 미술 교육을 받지 않고 그린 그림들이었지만 소재와 기법이 특이할 뿐만 아니라 내적 리듬을 자유롭게 형상화한 개성 있는 작품들이었다. 타고르 회화전의 특징 가운데 하나는 전시된 모든 작품에 제목을 붙이지 않았다는 점이었다. 이에 대해 타고르는 "관람객과 그림 사이에 방해가 될 수 있다는 생각에 작품 제목을 붙이지 않았다."고 한다.

 관람객이 그림의 제목을 보고 그것의 이미지에 얽매어 그림들을 자유롭게 감상할 수 없음을 유념한 것이 아닌가 싶다. 타고르의 그림들 앞에서 사람들은 생각을 잠시 내려놓고 단지 머무를 뿐이다. 그러면 그림이 나를 열고 내 안에 형언할 수 없는 느낌으로 다가온다. 그림의 아름다움을 경험하는 순간이다.

흔히 미술 감상에서는 "아는 것만큼 보이고 보이는 것만큼 즐길 수 있다."고 한다. 옳은 말이다. 그런데 아는 것만큼 보이지 않는 것도 그림이다. 그림 앞에서 작품 제목이나 지식에 얽매일 경우 의식 너머의 무의식 안에 무한히 잠재되어 있는 아름다운 감성의 세계를 놓쳐 버릴 수 있다. 그림 감상에서 그림에 대해 아는 것—그림에 대한 지식도 필요하지만 그림 앞에 서 있는 동안 '그림에 대한 앎'을 내려놓고 잠시 빈 마음으로 머무르는 것—진정 그림을 즐기는 방법이 아닌가 싶다.

그림에 대한 앎을 내려놓는 것이 그림을 즐기는 길이라면 사람에 대한 앎을 내려놓는 것도 사람과의 만남을 즐기는 길이 아닐까 싶다. 사람에 대한 앎이란 지극히 피상적이고 자기중심적이어서 "내가 그 사람을 알고 있다고 생각하는 순간 나는 그 사람을 오해하고 있다."는 어느 작가의 말이 생각난다. 사람에 대한 앎이란 기실 선입견이나 편견인 경우가 많아서 이것이 사람을 보는 데 방해가 될 뿐만 아니라 자칫 관계 속에서 크고 작은 상처를 가져올 수 있다.

이어령 님의 글 가운데 「알을 깨는 방법」이 있다. "사물들은 알처럼 모두 껍질을 가지고 있다. 외부와 내부의 경계선, 그것들은 얇은 피막 하나로 자신의 생명과 의미를 감추고 있는 것이다. 사람들은 이 사물의 의미를 자칫 선입견이나 고정관념을 갖고 자기방식

제목이 없는 그림, 타고르

으로 쉽게 말하고 평가한다. 그것은 구름이고, 이것은 꽃이고, 그 것은 강이라고 단정해 버린다. 그것은 마치 알을 두드려 깨는 일과 도 같다." 이 글을 읽으면서 사람과의 만남에서 선입견으로 자주 알을 두드려 깨며 살아온 자신을 발견한다. 그리고 이렇게 작은 다 짐을 해보기도 한다.

친구를 있는 그대로 볼 수 없었던 나
친구에 대한 나의 앎을 내려놓고 싶다.

아내를 있는 그대로 볼 수 없었던 나
아내에 대한 나의 앎을 내려놓고 싶다.

사람을 있는 그대로 볼 수 없었던 나
사람에 대한 나의 앎을 내려놓고 싶다.

사람 안에 숨겨진 아름다움과 선함을 만나기 위해
사람에 대한 나의 앎을 내려놓고 싶다.

자유로워지십시오,
아름다운 존재가
됩니다

＿그림을 그리고 싶은 Q형에게

Q형! 계절 흐름이 빠르기도 합니다. 어느덧 경칩으로 다가온 춘삼월, 아직 꽃샘추위가 기승을 부리지만 남녘의 봄소식은 이미 매화 가지에 와 있습니다. 오늘은 평소 그림을 그리고 싶다던 형에게 이 글을 씁니다.

서울에서 남한강변을 따라 한 시간 가량 달려가면 양지바른 분원리 언덕에 몇 해 전 강진 고옥을 옮겨 지은 관석헌 마당에 '얼굴박물관'이 자리잡고 있습니다. 지난 정초, 관석헌 한옥에서 김정옥 관장 내외분의 초대로 시인 이해인 수녀님과 수도자 몇 분이 오찬을 함께 나눌 기회가 있었습니다. 세상사 이야기를 나누다 보니 '자

콜라주, 마티스

유인'이 화제가 되었는데 '자유인'의 개념은 저의 생각보다 넓은 의미를 담고 있었습니다. 세상 사람들의 시선에 얽매이지 않고 자기자신을 살아갈 수 있는 사람, 세상과 사람을 늘 새로운 시선으로바라볼 수 있는 사람, 자기 자신을 긍정하고 삶의 여정에서의 아픔을 있는 그대로 수용할 수 있는 사람 등 자유인의 삶에 대한 생각들을 나누었지요. 대화가 이어지는 동안 행복한 사람은 스스로 자유인이 되어야 함을 다시 배웠습니다.

그날 저녁 남한강변을 따라 아내와 집으로 돌아오는 차 안에서자유인으로서 화가 피카소를 생각했습니다. 연초 덕수궁미술관의'피카소와 모던 아트'전을 관람하면서 관람장에서 메모해 두었던피카소의 어록이 생생하게 떠올랐습니다.

피카소는 그의 어록에서 "나는 어린아이처럼 그림을 그리기 위해 평생을 바쳤다."라고 말하면서 그의 어머니를 회상하며 이런 글을 남기고 있습니다. "어머니가 나에게 말씀하셨다. '네가 만일 군인이라면 장군이 되었을 거야. 네가 만일 수도자였다면 교황이 되었겠지.' 그러나 나는 화가가 되었다. 그래서 나는 피카소가 되었다." 그는 이어 "그림을 그린다는 것은 일기를 쓰는 또 다른 형태다."라고 말하고 있는데 이런 그의 말들은 화가로서 진정한 삶을살기 위해 내가 나 자신이 되어야 한다는 것, 그러기 위해 세상 사람들의 시선이나 평가에 얽매이지 않았던 그의 삶을 말해 주고 있었지요.

시인 알프레드 디 수자의 시심이 우리에게 전하듯 "춤추라, 아무도 보지 않는 것처럼. 노래하라, 아무도 듣지 않는 것처럼." 누구의 시선도 의식하지 않고 춤추고 노래할 수 있다면 나는 나 자신이 되고 내 원형의 아름다움을 찾게 되는 것은 아닌지요.

북촌의 삼청동 금융연수원에서 50대의 은행 지점장들을 대상으로 그림 강의를 할 기회가 있었습니다. 강의 중 수강자들에게 수채화 물감과 화지를 나누어 주며 그림 실습을 시작해 보았지요.

"지금 여러분 앞에 물감과 화지가 놓여 있습니다. 각자 좋아하는 색 물감으로 자유롭게 느낌 가는 대로 손끝 가는 대로 화지 위에 무엇이든 그려 보셔요. 아무도 보지 않으니 머뭇거리지 말고 거침없이 그려 보셔요."

이렇게 그림을 그리고 보니 정말 뜻밖의 아름다운 그림들이 탄생하였지요. 어릴 적 이후 처음 그려 보았을 텐데 그 나름대로 개성 있는 아름다운 그림들이 그려졌습니다. 자연스럽고 단순한 어린아이들의 동화 같은 그림이 있는가 하면 속도감 넘치는 거침없는 선의 흐름이 작은 폭포 같은 그림을 만들어냈지요. 또 무의식중에 점철된 원색의 강한 색조의 흐름이 생동감 있는 춤의 그림이 되기도 하였지요. 이들 그림들 가운데 몇 점의 그림을 골라 수강생들에게 보여 주니 "와!" 하는 감탄사가 쏟아지며 자신들의 그림에 대해 스스로 놀라워하는 표정들이었지요.

실습을 마치며 각자의 그림에 사인을 하여 집에 돌아가 아내에게 작은 선물로 전했으면 좋겠다고 했더니 수강생들의 반응은 의외였습니다. 다시 한 번 그림을 그려 더 좋은 그림을 전하고 싶다는 의견들이었지요. 그래서 같은 요령으로 두 번째 그림 그리기를 시작하였지요. 예정한 시간에 마치려 하니 좀 더 시간을 달라고들 하면서까지 열심히들 그렸지요. 그런데 어찌된 일입니까. 두 번째 그린 그림에서는 칭찬해 주고 싶은 그림을 찾기가 쉽지 않았습니다.

자연스럽고 순수한 그림들은 사라지고 작위적이고 부자연스런 그림들이 되고 말았지요. 어떤 그림은 열심히 그렸지만 너무 많은 것을 담고자 하여 복잡하고 개성이 없는 그림이 되었지요. 좋은 그림을 그려 남에게 보여 주고 싶은 욕구에서 열심히 그린 그림이었으나 남을 지나치게 의식한 그림에서는 내 원형의 아름다움을 찾기가 어렵게 된 것이지요. "일기를 쓰듯 그림을 그리라"는 피카소의 말이 새삼 소중한 가르침으로 다가왔습니다.

정호승 시인은 그의 시집 서문에서 "사람은 누구나 다 시인이다. 사람의 가슴속에는 누구나 다 시가 들어 있다."라고 말합니다.

이 글귀를 접하며 "사람은 누구나 다 화가이다. 사람의 가슴속에는 누구나 다 그림이 들어 있다."라고 말하고 싶습니다. 인생 여정은 어쩌면 나의 가슴속에 있는 시와 그림을 찾아가는 여정이 아닐는지요.

삶의 여정을 좀 더 자유인의 기상으로 걸을 수 있다면 그 삶은 내 안의 시와 그림들을 만날 수 있는 여정이 아니겠습니까.

형도 아시다시피 우리의 무의식 안에는 의식하지 못한 아름다움과 선함 그리고 순수한 열정과 사랑의 에너지가 무한히 잠재되어 있지요. 이러한 내 안의 고귀한 아름다움은 내가 좀 더 자유인으로서 '나'다운 삶에 몰입하는 여정에서 자연스럽게 발현되는 선물이 아니겠습니까.

Q형! 이곳 우면길 집 마당에 봄기운이 완연합니다.

지난해 가을 아내가 구근으로 심어 놓은 수선과 튤립의 어린잎들이 하루가 다르게 자라 오르니 담벽 아래 오죽 댓잎의 서걱이는 봄의 소리가 이들을 반갑게 맞아 주는 듯합니다.

형! 올봄에는 평소의 꿈인 그림을 그려 보십시오. 일기를 쓰듯 그림을 그려 보십시오. 가슴속에 숨어 있는 아름다운 그림을 만나 보시기 바랍니다.

누드 드로잉,
나를 잊는
순수한 시간

_누드만큼 아름답고 건강한 인간의 모습은 없다

"당신이 만약에 아무도 없는 곳에서 젊은 누드 여인을 만나면 어떻게 하실래요?"

"… 그러면 여인이 감기 걸리지 않게 웃옷을 벗어 입혀 주지."

프랑스 샹송의 한 구절에 나오는 부부의 대화다.

우리 주변에서 이런 일이 생긴다면 어떤 점잖은 사람은 당황하여 처음 시선을 어디에 둘지 몰라 하다가도 호기심에 힐끗 쳐다보며 지나갈 것이다. 그런가 하면 자연스럽게 누드 여인을 보라보며 유유히 안복眼福을 즐기는 젊은이들도 있을 것이다. 사람의 벌거벗은 몸을 보거나 자신의 벌거벗은 몸을 남에게 보이는 것을 수줍어

하는 것은 정도의 차이는 있을지라도 동서양 모두 사람들의 본성인 듯하다. 특히 동양인들에게 나체나 누드화는 오랫동안 접근하기 어려운 대상이었다. 우리나라 근대화 초기에 나체는 물론 누드화를 보는 것조차 금기시되었다.

1916년 김관호 화백의 누드화 '해질녘'이 동경미술학교 졸업작품전에서 한국인 최초로 특선으로 선정되어 국내 신문이 대서특필하였다. 평양 능라도를 배경 삼아 두 여성이 강가에서 나체로 목욕하는 광경을 석양의 불그레한 색채로 그린 누드화인데 벌거벗은 그림이라는 이유로 실제 사진은 신문에 게재되지 못하였다. 한국은행에서 소장하고 있는 유화 '봄의 가락'을 그린 김인승 화백의 누드화 '나부'는 1937년 조선미술전람회에서 최고상인 창덕궁상을 수상했으나 풍만한 여인의 누드화가 당시 풍속을 해칠 수 있다는 이유로 특선 작품명과 작가 이름만이 게재되고 실제 작품은 도록에 실리지 않았다.

중세 서양에서도 벌거벗은 몸을 드러내 그리는 것이 동양과 크게 다르지 않았다. 르네상스 이후 서양 미술에서 벌거벗은 인체를 연구하고 표현하는 것이 예술가들의 중요한 과제로 인식되면서 미술 교육 과정에서도 누드 습작을 핵심적인 과목으로 채택하게 됐다. 누드는 그냥 옷을 벗은 단순한 몸이 아니라 예술이라는 품위와 격을 부여하며 인체의 아름다움을 최대한 부각하려고 했고, 여기서 여인의 균형 잡힌 몸매는 자랑스러우며 자신만만한 이상적인 아름다움으로 인식됐다.

몇 해 전 미술 지도 선생님이 처음 나에게 누드화 공부를 해보라고 권유했을 때 솔직히 썩 내키지 않았다. 우선 늦은 나이에 누드 공부를 시작한다는 것이 어쩐지 좀 어색한 일처럼 느껴졌고, 내 재능을 봐도 무리한 공부라고 여겨졌기 때문이다. 그러나 선생님은 인물화 그림을 피해 가지 말고 도전해 보라고 하였다. 누드 드로잉은 인체의 자세나 균형미 그리고 살아 있는 선의 미묘한 흐름을 공부하는 데 매우 중요한 과정이라는 선생님의 권유에 용기를 내어 난생 처음 누드 드로잉 공부를 시작하게 됐다.

누드모델과의 첫 만남은 젊은 시절 첫 데이트처럼 설레고 긴장됐다. 여성 누드모델 하면 투명한 살결에 '볼륨감' 넘치는 탱탱한 가슴, 매혹적인 곡선의 가는 허리에 온몸으로 싱싱함을 발산하는 젊은 여인을 연상했다. 누드 공부를 시작하는 날 모델에 대한 호기심 때문에 내내 기다려지기도 하면서 약간 겸연쩍기도 했다. 밝은 조명 아래 정말 실오라기 하나도 가리지 않은 젊은 여인의 몸으로 다양한 포즈를 통해 아름다운 자태와 관능미를 감상할 수 있다는 것, 이러한 기대로 첫날의 수업은 긴장과 설렘, 다소의 당황스러움으로 진행됐다. 눈부시게 아름다운 젊은 누드모델—팽팽한 피부의 탄력이 곡선에 눌려 더욱 싱싱하게 보이는 모델—앞에서 숨을 죽이고, 입안이 마르며 조금은 빨라진 심장 박동에 붓놀림이 가늘게

떨리니 그날 드로잉은 온데간데없었다. 솔직히 첫날 수업은 누드 모델의 연출에 압도되어 드로잉을 한다기보다는 당황스러움에 상기되어 땀만 흘리고 말았다.

첫날 수업 이후 시간이 지날수록 분위기에 익숙해지면서 누드모델의 살아 있는 아름다움이나 드로잉 공부의 묘미를 조금씩 느껴가기 시작했다. 여인의 살결이 지니는 그 유려한 색채와 살아 있는 곡선의 아름다움을 보면서 인체의 흐름은 우아하고 미묘한 선의 아름다움이기에 어떤 때는 봄날의 잔잔한 음악 선율처럼 보드랍고 감미롭게 느껴지는가 하면, 어떤 때는 생명의 에너지가 분출하는 생동감으로 다가오니 그 신비한 아름다움에 새삼 놀라 설레게 된다. 20세기 초 독일의 누디즘nudism 화가들이 "인간은 아무리 아름다운 옷을 걸쳐도 누드만큼 아름답고 건강한 모습은 없다."고 말한 이유를 이제 조금은 이해할 것 같다.

누드 드로잉 초기 단계는 누드모델이 수시로 자세를 바꾸게 해 그때마다 변하는 자태와 생동감을 직관적으로 포착해 이를 회화적으로 표현하는 공부에 집중했다. 드로잉에서 인체의 균형미와 선의 흐름 그리고 볼륨감을 단숨에 작품화하는 훈련은 훗날 정물화와 풍경화에서 구도를 잡고 주제를 부각하는 데 큰 도움이 됐다. 미술 공부의 기초가 부족한 나로서는 누드 드로잉이야말로 가장 어려운 분야로 많은 습작과 인내가 필요한 분야다. 인물 드로잉을

포기하지 말고 계속 도전할 때 미술 공부에 더 큰 진전이 있을 수 있다는 선생님 말씀대로 어렵긴 하지만 틈틈이 인물화 소묘 공부를 계속해 볼까 한다.

또 한 가지 누드 드로잉을 공부하면서 우연히 몇 점의 누드 소묘 작품을 소장하게 됐다. 그 가운데 한 작품은 해변을 배경으로 안락의자에 나른하게 걸터앉아 있는 여인을 그린 정우범 화백의 작품이다. 풍경화와는 전혀 다른 톤으로 집안 분위기를 정감 있게 만들어 주는데 저녁 불빛 조명에서는 제법 무드 있는 분위기를 연출해 준다. 처음 거실에 걸어 보았을 때는 조금은 생소하게 느껴졌으나 지금은 그림을 대할 때마다 여인의 싱싱하고 풍만한 아름다움이 봄날의 향긋함으로 와 닿는다. 나이 들어 누리는 작은 안복眼福이 아닌가 싶다.

누드화를 공부하면서 사람의 아름다움을 다시 생각해 보게 된다. 사람들의 눈은 세상의 연출된 아름다움에 길들여 있다. 흔히 균형미나 표준 관념에 얽매여 사람의 아름다움을 보려고 한다. 하지만 사람의 참 아름다움은 있는 그대로의 모습이 아닐까. 내가 나로 존재하는 것, 그것이 참 나의 아름다움이다. 모든 사람에게는 각자 원형의 아름다움이 있다. 이보다 더 높은 아름다움이 어디 있겠는가. 누드가 아름다운 것은 가식 없이 '있는 그대로'의 순수한 원형의 모습이기 때문일 것이다. 삶도 마찬가지다. "삶이 가장 훌

륭한 순간은 당신이 순수할 때, 당신 자신이 참 모습으로 있을 때
다."라고 말한 멕시코 출신의 미국 영성가 돈 미켈 루이스의 말을
마음에 새기고 싶다.

자기 치유의 습관을
가지십시오.
행복이 커집니다

_새봄, 결혼을 앞둔 J양에게

J양의 결혼을 축하하며 여기 작은 축원의 글을 보냅니다.

세상 사람들은 결혼을 앞둔 신랑 신부에게 흔히 이런 말을 하지요. "항상 서로 믿고 사랑하십시오." 그러면서 "상대방을 사랑하기 위해서 먼저 나 자신을 사랑하라."는 당부의 말도 합니다.

그런데 나 자신을 사랑한다는 것은 무엇일까요. 어느 스님의 말씀입니다. "봄이 오면 꽃이 피는 줄 알지만 꽃이 피어야 봄이 온답니다." 자신을 사랑하는 일은 내 마음에 꽃을 피우는 일이 아닌가 싶어요. 마음에 꽃이 피면 세상 봄이 느껴지지요. 내 마음에 사랑이 살아나면 세상은 늘 봄으로 다가오게 되지요.

사람들은 삶에서 가장 중요한 일이 자신을 사랑하는 일이라고 말합니다. '있는 그대로의 나'를 받아들이고 자신의 가장 약한 부분을 보듬어 주라고 말합니다. 옳은 말입니다. 그런데 쉽지 않아요. 내 속에 내가 너무 많기 때문이지요. 내 속에 '어쩔 수 없는 내'가 있기 때문이지요.

J양,

나를 사랑하기 위해서는 먼저 나 자신을 정직하게 보았으면 해요. 외면하고 싶은 내 안의 상처와 어둠 그리고 나약함을 있는 그대로 보고, 그것을 보듬어 주어야 해요. 그러면 자신이 편해지면서 주위 사람들도 편하게 다가옴을 느끼지요. 신비한 일이지요. 내가 외면하고 싶었던 내 안의 어둠을 만나는 일, 자기 사랑의 출발이 아닌가 싶어요.

이제 자기 사랑을 위해 잠시 침묵하는 습관을 가져 보세요. 분심 잡념에 대해 걱정하지 마세요. 침묵 중에 마음에 떠오르는 모든 잡념을 있는 그대로 놔두세요. 분심을 없애려는 생각을 내려놓으세요. 모든 것이 지나가도록 머무르기만 하세요. 침묵은 모든 '함 Doing'을 내려놓고 그냥 '빙Being'에 머무르는 것이지요. 이렇게 침묵에 머무르다 보면 내 안의 내가 보이기 시작하지요. 나를 보는 것이 자기사랑의 출발입니다.

그리고 J양, 자기사랑을 키워가기 위해서는 자기치유의 생활 습관을 갖는 것이 중요해요. 일상에서 자신을 평안하게, 즐겁게, 그리고 기쁘게 해주는 작은 습관을 가지세요. 이러한 습관이 치유를 통해 내안의 선한 본성과 잠재력을 키워 주지요.

매일 아침 집을 나설 때, 고개 들어 하늘을 한 번 보세요. 맑은 날이면 '아, 하늘이 나를 축복하는구나!' 자신에게 이렇게 말해 보세요. 경쾌한 하루가 시작됩니다. 길을 걷다가도 얼굴을 스치는 부드러운 바람결의 촉감을 느껴 보세요. 산책, 등산길에서 잠시 싱그러운 나무향이나 새소리, 풀냄새를 몸으로 느껴 보세요. 내 자신이 자연의 품에 그대로 안기는 느낌을 가져 보세요. 얼마나 평안하고 감미로운 느낌인지 몰라요. 고요에 머물러 자연을 존재로 느끼는 일은 나를 치유하는 일이지요.

바쁜 일상에서도 자신을 위한 시간과 공간에 잠시 머무르는 습관을 가지세요. 집안일을 하다가도 잠시 창밖의 하늘을 보거나 식탁 위에 놓인 컵의 꽃 한 송이에 시선을 주어 보세요. 마음이 편해집니다. 또 청소를 하고 혼자 차를 즐기는 일, 갑자기 떠오르는 생각을 짧은 글로 남기는 일, 밝고 긍정적인 말을 하고 작은 봉사 활동에 참여하는 일도 모두 자기 자신을 치유하는 일입니다.

J양, 그리고 일상 대화에서 자기감정 표현에 좀 더 솔직해 보세요. 솔직한 토로는 자신을 치유하는 일이지요. 하지만 관계속의 토로는 자칫 서로 간에 상처를 가져올 수도 있으니 지혜가 필요해요. 배우자에게도 토로할 수 없을 때, 신앙을 가진 J양은 그분께 토로해 보세요. 놀라운 치유가 있습니다.

삶에서 좋은 감정, 나쁜 감정을 너무 구분하지 마세요. 내 안의 모든 감정은 자신을 위해 필요한 감정들이니까요. 내 안에 불안, 근심, 분노와 같은 감정이 일어나면 이들 감정을 피하려고 하지 말고 그 안에 정직하게 머물러 보세요. 신기하게도 그 감정에서 벗어나고 있는 자신을 발견하게 되지요.

자기치유의 습관을 갖다 보면 자신도 몰랐던 내 안의 아름다움과 선한 본성이 살아나게 되지요. 삶이란 어쩌면 내안의 나를 찾아가는 여정이 아닐까 싶어요.

사람들은 결혼은 두 사람이 하나 되는 일이라고 말합니다. 옳은 말이지요. 그런데 사람은 누구나 자기만의 고유함이 있지요. 나의 참 아름다움은 내가 나 자신으로 있을 때이지요. 그러기에 둘이 하나 되는 결혼에서도 내가 없는 하나는 참사랑이 아니지요. 둘이 하나이며 하나가 둘이 되는 사랑이 건강하고 참된 사랑이지요. 그리고 결혼도 때로는 외로운 것이라고 이해하는 것, 이것도 사랑의 지혜가 아닌가 싶어요.

여기 정호승 시인의 시 「밤하늘」을 J양에게 마음의 선물로 전하고 싶어요.

사람들의 마음속에는
별들이 하나씩 있지
우리가 서로 사랑한다는 것은
서로의 마음속에 있는 그 별을
빛나게 해주는 일이야

서로가 상대방을 받아 주고, 상대방이 하는 말을 진심으로 들어 주는 일이 서로의 마음속에 있는 그 별을 빛나게 해주는 일이지요. 하지만 남을 받아 주고, 들어 주는 일은 결코 쉬운 일이 아니지요. 아니 때로는 말 할 수 없는 아픔이고 고통이지요. 바로 사랑의 아픔이 아닌가 싶어요. 이제 두 사람은 훗날, 사랑의 아픔이 있어도 서로에게 이렇게 고백할 수 있었으면 해요. "세상에서 당신을 만나 내가 선하고 아름다운 사람이 되었습니다!" 배우자에 대한 최고의 찬사이며 감사가 아닌가 싶어요.

J양, 부디 행복하세요.

미술치료와
부부간의
대화

_아내가 그린 그림이 아내를 말한다

평생을 금융분야에만 종사해온 사람이 살아오면서 유일하게 취득한 자격증은 전공분야와는 전혀 다른 미술치료사 자격증이다. 경제학에서 흔히 시장이 나라의 경제 상태를 보여주는 거울이라면 그림은 그린 사람의 마음과 무의식의 세계를 보여주는 거울과 같다고 할 수 있다. 미술치료는 그림을 통해 드러난 마음의 상처와 아픔 등을 치유하여 건강한 인간관계 속에서 보다 긍정적이고 보람 있는 삶을 살아갈 수 있도록 도와주는 심리치료의 하나다. 언어표현 능력이 부족한 아동이나 청소년의 심리문제를 풀어나가는 데 유익할 뿐 아니라 성인에게도 말로 표현하기 어려운 심리적 갈등과 무의식에 감추어진 상처와 억압된 욕구를 해소하는 데 미술치료가 중요한 역할을 한다. 사람의 내면세계를 이해하고 진단하기란 지극히 어려운 일이며 특히 부부간의 심리적 갈등 문제는 어린 시절의 상처와 욕구불만 등이 누적된 문제여서 상당기간의 상담치료가 필요하다.

오늘날 한국인의 부부관계는 우리사회의 외형적이고 경쟁적인 의식구조로 부부가 내면적으로 성숙되어 진정한 자기실현의 삶을 살아가기보다는 흔히 '아내는 자식을 위해 희생'하고 남편은 사회적 성취를 위해 '성취중심의 생활'을 하는 삶에 열중해왔다고 하겠다. 기러기 아빠의 아픔과 고뇌는 부부의 삶을 잃어버린 우리 사회의 한 단면이 아닌가 싶다. 자신의 삶을 살지 못한 부부관계는 상호간의 역할 만이 강조됐을 뿐 부부간의 진정한 대화나 삶의 가치에 대해 진지하게 대화를 나눌 기회도 갖지 못하고 있다. 오늘날 많은 중, 노년부부는 진정한 자기가치를 발현하지 못하고 지금까지 살아온 각자의 삶에 대해서 회의를 갖는가 하면 미래의 자기생활에 대해서도 자신감이 부족하거나 부정적인 생각을 갖는 경우가 적지 않다.

행복한 부부관계는 마음의 대화에서 출발한다. 부부간의 진솔한 대화는 건강하고 행복한 삶을 살아갈 수 있도록 하는 샘물과 같은 역할을 한다. 미술치료는 미술을 매체로 부부간에 자연스런 대화와 이해를 깊게 해준다.

우리 부부는 일상에서 비교적 자주 대화를 나누어 서로가 상대방을 이해하고 있다고 생각했으나 미술치료 실습을 하면서 서로의 속마음이나 느낌을 감지하지 못했을 뿐만 아니라 상대방의 숨겨진 아름다움도 보지 못하고 살아왔음을 알게 되었다.

언젠가 미술치료 실습을 하면서 아내와 함께 자유스럽게 그림과 점토 작품을 만들어 서로의 느낌이나 생각을 나눌 기회가 있었다. 부부가 만든 작품을 매체로 대화를 하다보면 서로가 상대방을 이해하고 또 서로의 장점을 발견하는데 큰 도움이 됐다. 어느 날 아내가 자신을 자유롭게 표현한 그림을 그렸다. 아내는 사람들이 달맞이하는 모습을 그렸는데 은하수를 생각하며 하늘에 많은 별들을 그리고 배에 탄 사람들의 축제 분위기를 그렸다고 한다. 그림을 보며 아내의 시적이고 동요적인 그림이 신선하게 느껴졌다. "별들이 하늘에서 노래하는 느낌, 달님이 뱃놀이하는 사람들의 노랫소리를 듣고 빙그레 웃는 모습이 정답게 느껴진다."고 말했다. 아내의 동심 세계가 소중하게 느껴졌다. 그림을 보며 홀연히 아내 안에는 별빛 같은 무수한 아름다움이 숨어있음을 알게 되었다. 아내는 '내가 알고 있는 아내'보다 더 아름다운 사람이었다. 아내의 숨겨진 아름다움을 기다리는 삶은 축복이 아닌가 싶다.

한번은 미술치료 실습시간에 점토를 가지고 내가 아내의 얼굴상을 만들었다. 평생 처음 만든 점토 작품인데도 만들어 놓고 보니

위) 내가 만든 아내의 얼굴상
아래) 아내가 만든 나의 얼굴상

'조용한 아내의 얼굴상'이 나쁘지 않았다. 내가 만든 아내 얼굴상을 보여 주었더니 아내가 웃으면서 이렇게 말한다. "소중히 잘 보관해요." 작품이 좋아서라기보다 자신을 더욱 소중히 여겨 달라는 아내 마음의 표현이다.

어느 날은 아내가 집에 들어오며 한 손에 점토로 만든 얼굴상을 가지고 들어왔다. 사연을 물었다.

"오늘 모임에서 미술치료 선생님의 제의로 참석자들이 각자 '나에게 기쁨을 주었던 사람의 얼굴'을 점토작품으로 만들게 되었지요. 작업을 해 놓고 보니 당신 얼굴상이 되었지요."한다. 아내가 부족한 남편의 얼굴상을 만들었다니 뜻밖의 선물이었다. 아내 선물이 고마우면서 작품은 아내가 남편에게 자주 기쁨의 선물을 받았으면 하는 아내 마음을 표현한 것이다. 아내가 점토로 만든 내 얼굴상이 귀하고 소중하게 느껴졌다.

또 이런 미술치료 경험도 있다. 아내와 내가 마음을 모아 갱지 위에 같이 그림을 그리는 소위 협동화 작업을 하게 되었다. 먼저 아내에게 갱지에 생각나는 대로 자유롭게 그림을 그리도록 하였다. 아내는 처음 주제를 찾지 못하고 손가는 대로 그렸는데 그림에 나타난 형상은 두개의 오뚝이와 팽이처럼 생긴 장남감이다. 이런 아내의 그림에 연이어 내가 하늘과 별을 그려 넣었더니 아내는 다시 그림 윗부분에 별들을 몇 개 더 그려 넣었다. 나는 다시 아내 그림 위에 황혼빛 하늘색을 그림 배경으로 칠했다. 이렇게 부부가 한 종이에 그림을 번갈아 그리다 보니 그 모습은 마치 한 지붕아래 부부가 '서로의 있음을 그대로 인정'하고 어우러져 살아가는 모습 같았다.

협동화 그림을 마치고 마무리한 그림을 보고 느낌을 서로 이야기 하며 그림 제목을 정해 보았다. "별을 닮은 우리들 마음"이 됐다. 작업을 마치니 우리가 평소에 느끼지 못했던 일체감과 성취감을 느끼게 되었고 서로가 알지 못했던 아름다움도 발견할 수 있었다. 그날 협동화 작업을 하면서 아내가 그린 그림에 내가 어떤 그림을 추가해야 더 아름다운 그림이 될 수 있을까 또 내 그림이 어떤 배경이 되어주어야 아내의 그림이 살아날까 생각하게 되었다.

살아가면서 가장 아름다운 일은/ 누군가의 배경이 되어주는 일이다/ 별을 더욱 빛나게 하는/ 까만 하늘처럼/ 꽃을 더욱 돋보이게 하는/ 무딘 땅처럼/ 함께하기에 더욱 아름다운/ 연어떼 처럼

– 안도현의 '연어' 중에서

누군가 말했다. "당신의 배경이 되어주는 것이야말로 내가 그대를 위해 할 수 있는 가장 소중한 일이다." 아름다운 소망이지만 이

를 삶으로 살아가기란 참으로 쉽지 않는 일이다. 하지만 조금이라도 이런 지향으로 부부가 날마다 하루를 시작할 수 있다면 우리 모두는 얼마나 행복할까? 길을 가다가 넘어져도 내 안의 아름다운 지향이 나를 다시 일으켜 세워주지 않는가.

세상에서
가장
소중한 선물

_ "기도해 드릴게요."

　사람은 스스로 기도와 함께 세상을 살아가는 존재가 아닌가 싶다. 우리는 누구나 소망을 갖고 삶을 살아간다. 소망은 그 자체가 기도다. 사람이 희망과 소망이 없다면 삶을 지탱할 수가 없다. 프랑스 현대시의 원로인 르네 샤르와는 "시는 인간의 끼니다. 그리고 시는 인간에게 있어 새와 산과의 관계와 같다."라고 말했다. 구상 시인은 이에 대해 "시는 인간에게 생명을 유지시켜주는 양식이요, 보금자리"라고 말했다. 기도에 대해서도 같은 말을 할 수 있지 않을까 싶다. 기도는 인간의 삶을 지탱해 주는 양식이며 보금자리라고 말하고 싶다. 기도가 있는 곳에 삶이 보다 풋풋한 생명력으로 살아 있기 때문이다.

사람들은 일상에서 무의식중에 기도하며 살아가고 있다. 바로 삶이 기도인 것이다. 가족 간의 사랑은 물론 친구나 친지간의 우정과 우의에도 기도의 마음이 살아 있다. 세상 사람들의 크고 작은 선물과 감사에도 기도의 마음이 담겨 있고, 또 길거리 외로운 사람을 만난 연민의 정에도 기도가 살아 있다. 밥상의 밥알 하나에도 농부의 기도의 마음이 숨어 있다. 정호승 시인은 '쌀 한 톨'을 이렇게 노래한다.

> 쌀 한 톨 앞에 무릎을 꿇다
> 고마움을 통해 인생이 부유해진다는
> 아버님의 말씀을 잊지 않으려고
> 쌀 한 톨 안으로 난 길을 따라 걷다가
> 해질녘
> 어깨에 삽을 걸치고 돌아가는 사람들을 향해
> 무릎을 꿇고 기도 하다

삶이 기도임을 생각하며 나 자신, 일상에서 기도가 좀 더 진지했으면 하는 바람을 가질 때가 있다. 특히 애경사의 경우 그러하다. 몇 해 전 아이들 혼사를 마치고 하객 여러분께 감사의 인사장을 보내 드렸다. 멀리서 오신 분이나 과분한 축의금으로 축원해 주신 분들께는 특별히 감사 말씀을 전했다. 혼사를 치르고 하객 한 분 한 분께 같은 마음으로 감사를 드렸는지, 형식적인 감사 인사만 드린 것은 아닌지 그리고 보이지 않는 기도의 선물에는 진심으로 감사했는지 스스로 물으니 자괴감을 감출 수 없었다.

1997년 아버님의 작고 당시 상주로서 영안실에서 조문객을 맞고 있을 때였다. 먼 길을 오셔서 영전에 조의를 표하고 가족들에게 위로의 말씀을 해주시니 한 분 한 분이 감사했다. 그날 수녀님 한 분이 뜻밖의 조의 방문을 해주셨다. 살레시오 수도회 소속으로 지금은 아프리카 토고에서 봉사 활동을 하고 계시는 박세실리아 수녀님이었다. 수녀님은 내가 1992년에 한국은행 브뤼셀사무소에 근무하고 있을 당시 아프리카 선교 활동 준비를 위해 그곳 수도회에 잠시 머무르시고 계셨다. 주말이면 현지 교민들과 미사에도 함께 참석하게 되어 공동체 안에서 친교를 나눌 수 있었다.

1994년 현지 근무를 마치고 한국에 돌아와서는 수녀님의 근황을 듣지 못하였는데 그동안 수녀님은 이미 아프리카에서 수년간 선교 활동을 하고 계신 중이었다. 수녀님이 뜻밖에 조의 방문을 해주시니 그지없이 감사했다. 나중에 안 일이지만 당시 수녀님은 토고에서 한국에 잠깐 나오셨다가 우연히 소식을 듣고 바쁜 시간에 먼 길을 찾아 조문을 와주신 것이다. 그날 영정 앞에서 고인을 위해 기도해 주시는 수녀님의 모습을 지금도 잊을 수가 없다. 조문객 가운데 줄을 서 계시다 영정 앞에 이르자 그 앞에 온전히 기도하는 자세로 앉으시더니 영전 사진을 보신 다음 한참 동안 깊은 기도를 해

주시는 수녀님의 모습이 참으로 경건하였다. 그날 수녀님의 모습에서 기도의 감사함을 마음 깊이 새기게 되었다.

또 한 번은 브뤼셀에 근무 하던 시절, 베리 프랫츠 벨기에 중앙은행 총재의 비서가 부친상을 당하여 그분의 장례 미사에 참석한 적이 있었다. 성당 입구에는 아무런 접수처도 없이 안내인이 작은 쪽지 한 장씩을 조문객에게 전해 주고 있었다. 받아 보니 '고인을 위해 기도만 해주시면 감사하겠습니다.'라는 유족들의 바람이 적혀 있었다. 이런 일들을 경험하면서 기도의 소중함을 배웠고, 주위의 애경사에 진심으로 기도해 주고 싶은 마음을 갖게 되었다. 사람들은 관계 속에서 겉으로 드러나는 친절과 후의에 대해서는 감사의 마음을 전하지만 드러나지 않게 기도해 주신 분들의 정성에는 마음을 소홀히 하는 것 같다. 보이지 않는 아름다움이 큰 아름다움이라면 보이지 않는 기도의 선물보다 더 큰 선물이 어디 있겠는가.

삶을 되돌아보니 사람들의 기도에 감사해야 할 일이 한두 가지가 아니다. 생전에 가톨릭 믿음을 가지셨던 부모님께서는 항상 자식들을 위한 기도에 전념해 주셨고, 지금도 저 세상에서 항상 기도해 주신다고 믿고 있다.

돌이켜 보면, 내가 어머님을 따라 신앙을 갖기까지는 오랜 세월이 필요했다. 어머님은 내가 초등학교 2학년 때 성당에 나가기를 권유하셨다. 그때 나는 무슨 이유에서인지 어머님의 말씀을 따르지 않았다. 그 후에도 가끔 성당을 권유하셨지만 어머님의 말씀을 받아들이지 않았다. 그러던 중 중학교 입학시험을 앞둔 시기에 어머님께서는 나를 위해 거의 일 년을 매일 아침 미사에 다녀오셨다. 바라던 중학교에 합격하던 날 아침, 어머님은 나에게 성당에 가자고 말씀하셨다. 그날은 어머님 말씀을 거역할 수가 없었다. 그러나 성당 가는 일이 마음에 내키지 않아 비포장 길 위의 돌을 이리저리 발로 차면서 가다보니 한참 후 어머님과 나와의 거리가 멀어졌다. 어머님은 앞서 가던 길을 멈추고 나를 기다리시다가 내가 가까이 다가가면 다시 성당 길을 재촉하셨다. 이렇게 가고 서다를 반복하면서 어렵게 성당 입구에 도착했는데 어머님께서 "그렇게 마음이 내키지 않으면 집으로 돌아가렴." 말씀하셨다. 사춘기의 반항 심리였는지 지금도 그 이유를 알 수가 없다. 성당 입구에서 그냥 집으로 돌아오고 말았으니 어머님 마음은 얼마나 괴로우셨을까. 생각해 보니 자식으로서 부모님께 큰 죄를 지어 지금도 마음이 아프다.

신앙에 관심 없이 대학 생활에 이어 군복무를 마칠 때가 되었다. 어느 날 갑자기 나도 모르게 신앙인의 삶을 살고 싶어졌다. 1966년 군에서 제대하며 부활절 광주 남동성당에서 가톨릭 신앙을 갖게 되었다. 어머님께서 나에게 처음 성당을 권유하신 지 15년 만이다. 그동안 어머님은 나를 위해 얼마나 많은 기도를 하셨을까. 부족하지만 신앙인으로 오늘의 내가 있음은 오로지 어머님 기도의 힘이라고 믿고 있다.

장모님께서도 지난 30년을 미국에 계시면서 지금도 매일 시편
(116-12, "나 무엇으로 주님께 갚으리오? 내게 베푸신 그 모든 은혜를") 묵상
으로 하루를 시작하신다. 성 프란체스코회에 지난 20년 동안 가족
미사를 봉헌해 주시니 그 정성이 대단하시다. 또 생전 부모님을 신
앙으로 인도해 주시고 멀리 이국땅에서도 우리를 위해 한 가족처
럼 기도해 주신 최일영 변호사님 내외분의 사랑을 잊을 수가 없다.
우리 가족의 오늘이 있음은 이분들의 기도의 힘이라고 믿기에 그
지없이 감사할 뿐이다.

세상을 살아오며 어려운 일이 닥칠 때마다 누군가가 지금 나를
위해 기도해 주시는 분이 있다는 것을 믿으면 큰 위로와 힘이 된
다. 기도는 인간의 언어로 표현할 수 없는 신비한 힘을 갖는다고
믿고 있다.

1978년 일이다. 당시 뉴욕 맨해튼 사무실에서 근무 중인 나에게
집에서 급한 전화연락이 왔다. 두 살난 우리집 아이가 아파트 3층
난간에서 장난을 하다가 그만 추락사고가 났다는 이야기다. 황급히
서둘러 정신없이 집에 도착해 보니 아이는 긴급구호의 도움으로 인
근 포체스타 병원 응급실에 옮겨져 있었고 아내는 병원에서 정밀검
진 결과를 초초히 기다리고 있었다. 안절부절 못하는 마음에 한 시

마음결, 물그림자

간쯤 기다렸을까. 담당의사가 전하는 말이 처음에는 믿어지지 않았다. 기적같은 일이다. 오른쪽 팔꿈치 파열만 수술하면 아이의 건강에는 문제가 없겠다는 의사 소견이다. 나중에 아내에게 들은 이야기다. 아내가 세탁을 하는 동안 애들이 잠시 창문 난간에서 놀다가 모기창살에 손을 기대는 순간 그만 창살이 빠져 버린 것이다. 아내 앞에서 순식간에 일어난 일이다. 아내는 허겁지겁 계단을 달려 내려가며 그사이 자신도 모르게 성호를 그으며 성모송을 계속 암송했다는 이야기다. 현장에 내려가 보니 애는 건물 잔디밭에 엎드려 울고 있는데 주민들이 이미 에 긴급구호 연락을 했고 한 할머니는 담요를 가져다 주는 친절을 베풀었다. 순간적인 사건 안에 초월적인 그분 사랑의 섭리가 함께 있었으니 삶은 신비고 감사였다. 삶의 매 순간이 감사임을 생각하며 자신에게 물었다. '나는 얼마나 감사의 삶을 살아왔는가?' 일상의 삶이 깨어 있어야 함을 다시 묵상했다.

지난해 연말 아프리카에서 20년 가까이 봉사 활동을 해온 박세실리아 수녀님께서 오랜만에 다시 한국을 방문하였다. 차가운 겨울날, 바쁜 일정을 내어 용인 집까지 방문해 주시니 감사했다. 프란체스코 성인의 상본과 시 한 편을 전해 주셨다. 강시원 시인의 시 「살면서 가장 아름다움 사람은」이었다.

살면서 가장 행복한 사람은
사랑을 다 주고도

더 주지 못해서 늘 안타까운

마음을 가진 사람입니다.

　수녀님의 주신 시의 서두는 당신의 살아오신 모습 그대로였다. 지금도 세상 사람들을 위해 기도와 희생을 아끼지 않으신 수녀님을 위해 기도하고 싶다. 연초 다시 아프리카로 떠나 그곳에서 봉사의 삶으로 생을 마치실 수녀님은 그날 저녁 우리 가족과 헤어지면서 "기도해 드릴게요." 하며 작별 인사를 하신다. 살면서 만나고 헤어지는 사람 사이에 기도가 있다는 것은 서로가 시공을 넘어서 함께 있음이니 이 얼마나 소중한 선물인가.

외로울 때
혼자서 부를 노래가 있다는 것,
행복입니다

__치유와 희망의 선물, 시가 내게로 왔다

"자신의 존재와 영혼을 높이 들어 올리고 싶어 하는 사람들에게 시가 있습니다. 시를 알고 좋아하고 즐기는 일은 우리들의 밋밋한 생에 적잖은 기쁨과 깊이를 선사할 것입니다. 시를 즐기면 여러분 영혼의 정원이 한결 향기롭고 풍요로워질 것입니다."

―정효구

여기 작은 시선집 카드가 있다. 명시 50편을 수록한 시선집 카드다. 광주에서 시암송 운동을 펼치는 문길섭 선생님이 만들어 보내오신 것이다. 암송하고 싶은 명시들을 담고 있어 주위 사람들과 나누어 갖고 싶었는데 여러 철을 보내 주시니 감사했다. 시선집 카드는 세상 사람들에게 희망과 치유의 선물이 되었다.

가끔 모임에서 자리를 함께한 친구들이나 친지분들께 시선집 카드를 작은 선물로 전해 드렸는데 그때마다 감사의 화답이 나를 기쁘게 했다. 미국에 계신 장모님께서는 노인 친구들과 나누어 갖고 싶다고 하시며 여러 권을 보내 달라고 하셨다. 연말 교도소 위문 방문 때도 시선집 카드는 외로운 사람들에게 위로와 희망의 선물이 되었다.

한 번은 명동 중심가의 작은 구두 수선방을 들렀다. 60세를 넘긴 할아버지가 구두를 수선하는 집이다. 마침 가방에 있던 시선집 카드 한 권을 전했더니 젊은 날, '시를 좋아했다.'며 고마워한다. 수주 후 명동에 나가는 길에 구두 수선방을 다시 들렀다. 작은 수선방 좌석 앞면에 시 한 편을 걸어 놓았다. 바로 시선집 카드에 수록된 김황팔 시인의 「다짐」이었다. "오늘의 바늘코에 이 마음 꿰어/ 겸허한 자세로 그날까지/ 한 땀 한 땀 내 이웃의 아픔을 깁고 싶어." 할아버지의 모습을 닮은 시였다. 구두 수선을 앉아 기다리는 손님들이 자리에서 읽어 보라고 걸어놓은 것이다. 일주일에 한 차례 시선집 카드의 새 시로 바꾸어 놓는다는 것이다. 구둣방에 걸려 있는 시선집 카드의 시들이 도회인들에게 잠시 휴식과 희망의 선물이 되는 것 같아 흐뭇하였다.

지난 봄, 경기도 남종면의 얼굴박물관에서 다문화 가족을 위한 작은 행사에 시선집 카드를 준비해 갔다. 여흥이 끝날 무렵, 시 카드를 외국인 참석자들에게 나누어 주며 카드에 수록된 나태주 시인의 시 「행복」을 천천히 낭송해 주었다.

행복

나태주

저녁때
돌아갈 집이 있다는 것

힘들 때
마음속으로 생각할 사람 있다는 것

외로울 때
혼자서 부를 노래 있다는 것

다문화 가족에게 '행복'의 시는 위로와 희망의 선물이었다. 서로 다투어 시카드를 갖고 싶어 하며 감사해 하는 그들의 모습이 지금도 눈에 선하다.

시선집 카드와 가까이 하다 보니 몇 편의 시도 암송하게 되었다. 올봄 친구들과 함께 남한강 둘레길을 걷다가 휴식하는 시간에 시

한 편을 암송했더니 친구들이 그렇게 좋아한다. 자연 속에서 시는 사람의 마음을 순화하는 놀라운 힘이 있었다. 이해인 수녀님과 함께하는 모임에서 시암송의 묘미도 배우게 되었다. 길을 혼자 걷거나 카페에서 사람을 기다릴 때도 혼자서 시를 암송하다 보면 마음이 여유로워진다. 이제 암송시는 나에게 작은 친구가 된 느낌이다.

시와의 만남도 인연이 아닌가 싶다. 어느 해 가을, 한 일간지에 '길 위의 인문학'이라는 기획 기사에 정호승 시인이 화순 운주사에서 낭송한 시 「풍경 달다」가 게재되어 있었다. "운주사 와불님을 뵙고 돌아오는 길에/ 그대 가슴의 처마 끝에 풍경을 달고 돌아왔다./ 먼데서 바람 불어와 풍경소리 들리면/ 보고 싶은 내 마음이 찾아간 줄 알아라." 단순한 시여서 몇 번을 읽다 보니 암송이 되었다.

다음날 아침, 집 근처 지하철역에서 전철을 기다리고 있는데 바로 앞줄에 버버리 코트 차림의 한 신사가 서 있었다. 전철을 타는 신사의 옆얼굴을 보니 바로 정 시인이 아닌가 싶었다. 차안에 서 있는 시인에게 다가가 "실례합니다만 혹시 정호승 선생님이 아니십니까?" 했다. 시인이 나를 한번 쳐다보더니 "저를 어떻게 아시지요?" 물었다. TV 강의에서 뵌 얼굴 같아 인사한다고 하니 반기신다. 마침 전날 일간지에 게재되었던 기사 이야기를 하며 정 시인의 운주사 와불 시 첫 구절을 암송했더니 그만 놀라신다. 대화를 이어가려는데 바로 다음 역에서 시인이 내려야 했다. 내려야 할 역을 한 정거장 지나쳐 이전 역으로 되돌아가는 참이었다. 아쉬움에 헤

성 베네딕도 피정의 집, 미루나무 언덕

어졌다. 그날 책방을 들렀다. 정 시인의 『외로우니까 사람이다』라는 시집 두 권을 구입하여 한 권은 홀로 지내시는 친척 한 분께 선물로 전해 드렸다. 그분은 지금도 나를 볼 때마다 그때 보내 준 시집에 고마워하신다.

정 시인의 시집에서 읽었던 시 「봄길」은 세상에서 또 다른 선물이 되었다. 30년 전 수원 고등동 성당에서 처음 뵈었던 김정원 신부님께서 몬시뇰에 서임되셨다는 기쁜 소식에 서신으로 축의의 마음을 담아 정 시인의 시 「봄길」을 동봉해 드렸다. 며칠 후 몬시뇰님은 모르는 집 전화번호를 어렵게 찾아 전화를 해오셨다. '나도 봄길이 되고 싶다'고 말씀하시며 좋은 시를 보내 주어 고맙다고 하신다. 「봄길」은 성직자에게도 귀한 선물이었다.

문길섭 선생님이 『행복한 시암송』이라는 책을 보내 주셨다. 책에 이런 내용이 있다. 조지훈 시인이 대표작 「승무」를 쓰는 데 꼭 3년이 걸렸다고 한다. 승무를 보기 위해 절을 찾아갔고 지방에서 승무가 있다고 하면 어디든지 찾아갔다는 것이다. 시어 하나를 두고 몇 날을 불면으로 보내는 이가 시인이라고 한다. 시도 잉태에서 분만까지의 긴 인고의 시간을 견디었기에 거기에 정화와 치유의 힘이 있는 것 같다. 시를 읽으면 혼자 오솔길을 걷는 느낌이다. 나도 모르게 생각이 맑아지고 마음이 따뜻해지는 느낌이다. 사실 나는 시가 무엇인지 왜 내가 시를 좋아하는지 모른다. 그저 늦은 나이에 시가 내게로 왔을 뿐이다.

"그래, 그랬어. 늦은 나이였지. 그러던 어느 날 시가 내게로 왔어. 누가 날 불렀지. 오! 환한 목소리, 시였어." 김용택 시인의 목소리다.

어느 봄날/ 당신의 사랑으로/ 응달지던 내 뒤란에/ 햇빛이 들이치는 기쁨을/ 나는 보았습니다/ 어둠 속에서 사랑의 불가로/ 나를 가만히 불러내신 당신은/ 어둠을 건너온 자만이/ 만들 수 있는/ 밝고 환한 빛으로/ 내 앞에 서서/ 들꽃처럼 깨끗하게/ 웃었지요/ 아,/ 생각만 해도/ 참/ 좋은/ 당신

―김용택, 「참 좋은 당신」

어느 날, 시인의 목소리가 들린다. '시를 써 보셔요. 그냥 나를 써 보셔요. 내가 시가 됩니다.' 혼자 걷는 솔숲길, 홀연히 '내안의 내'가 그리움으로 다가 온다. 그것은 언어로 표현할 수 없는 손에 잡히지 않는 환한 목소리다. 푸른 별빛 같은 그리움이다. 다음 시는 지난해 글 공부방에서 난생 처음으로 써본 시다.

당신은 그리움입니다.

솔숲길 고요가 당신을 그리움으로 부릅니다.

당신은 목마르지 않는 그리움이며 기다림입니다.

조용히 불러 보는 당신,
지금 당신은 나와 함께 있습니다.

당신이 나와 함께 있어도
당신이 그립습니다.

당신이 내 숨결보다 더 가까이 있어도
당신이 기다려집니다.

당신은 고요한 호수의 숨결
불타는 노을빛의 신비입니다.

당신은 길가의 풀꽃 같은 겸손
봄날의 새순 같은 새로움입니다.

당신은 푸른 별빛 같은 순수함
어린이 마음 같은 단순함입니다.

상처와 아픔을 품어 안은 당신
세상을 연민의 정으로 보듬어 주는

당신은 사랑입니다.

당신은 침묵으로 새로 태어나는 찰나
당신을 만나는 기쁨에 아픔이 있어도

사랑의 이름으로 기다려지는 당신
내 안의 나, 당신은 그리움입니다.

　　　　　　　　　　－졸시「당신은 그리움입니다」

축복이 함께한
노년의
나날들

__삶의 마지막 날까지 내 안의 아름다움을 찾아가는 기쁨

    얼마 전 섬진강 시인 김용택 선생이 한 방송에 출연하여 당신 어머니에 대한 이야기를 들려준 적이 있다. 시인의 모친은 평생 땅과 더불어 농사일을 해 오신 분이다. 학교 교육을 받을 기회는 없었지만 자연과 함께한 삶에서 삶의 지혜를 터득하고 스스로 시정과 감성을 키워 오신 분이다. 늦가을 시골집 방문에 창호지를 새로 붙일 때 마당의 풀잎을 따서 창호지 방문에 풀잎 무늬를 살리는 미적 감각을 가진 어머니이기도 하다.

    평생 농사일을 쉼없이 해 오신 어머니가 노환으로 6개월 전 병원에 입원을 하였다. 날마다 밭에 나가 농사일을 하신 분이 병실 침대에서 지내는 하루하루가 얼마나 답답하였을까 짐작이 간다. 때

로는 짜증도 나신 모양이다. 어느 날 시인의 부인이 시내에 나가 우연히 어느 바느질 가게를 지나다가 재단하고 버린 비단 헝겊 조각들을 발견한다. 주인에게 물으니 그냥 가져가라고 한다. 작은 사례를 하고 그 헝겊 조각들을 집에 가져와 가지런히 정리하여 바늘, 실과 함께 병상에 계신 시어머님께 가져다 드렸다. 평생 농사일을 하시면서도 바느질하기를 좋아하셨던 시어머니를 위한 며느리의 배려였다. 시어머니는 병상에서 며느리가 가져다 준 헝겊들을 바느질로 이어 붙여 밥상보 같은 생활 소품을 만들었다. 소박하지만 아름다운 소품이다. 단순한 형태이지만 천부적 미적 감각을 드러낸 개성 있는 작품이다. 특별한 배움도 없이 혼자 만들어 낸 소품이 퀼트 작품이 된 것이다.

병상에서 할 일 없이 무료하게 지내시던 시어머니가 작은 헝겊을 이어 붙여 소품을 만드는 시간은 삶의 작은 기쁨을 누리는 시간이다. 또 바느질에 열중한 시간은 당신 안의 '나'를 찾아가는 시간이 아닌가 싶다. 어머니의 바느질 모습은 가족들에게 얼마나 보기 좋고, 아름다운 모습이었을까 싶다. 늙어서 스스로 지혜로워지고 주위 사람들에게 밝은 빛을 선사하는 노인을 보면 그 사람은 세상 사람들을 위해 축복이 된 존재라고 하니 시인의 어머니는 바로 그런 분이 아닌가 싶다.

시인 어머니의 이야기를 들으며 20세기 현대 미술의 거장 앙리 마티스의 삶을 생각했다. 80평생을 그림 제작에 몰두한 마티스는 말년에 들어 방스의 로사리오 성당을 4년에 걸쳐 완성한 다음 거동이 불편해지자 주로 침상에서 가위로 색종이를 오려 붙이는 콜라주 작업에 열중하며 나날을 보냈다. 생의 마지막 날까지 자신의 원형을 찾기 위해 혼을 불태운 시간이었다. 그는 말년에 지극히 단순한 작품으로 단순함이 최상의 아름다움임을 보여 주었다. 마티스는 세상 사람들을 위한 축복이었고, 또 지금도 여전히 축복이라고 말하고 싶다.

오래 전 일본 영화 한 편을 관람하였다. 일본의 여류 감독 마츠이 히사코가 의 작품으로 가족간의 사랑과 여성의 섬세한 감정 변화를 아름다운 영상으로 그려낸 영화 '소중한 사람'이다. 치매에 걸린 시어머니 마사코를 모시는 한 가족, 그중 셋째 며느리 토모에의 실제 이야기를 담은 영화다.

시어머니 마사코는 남편과 일찍 사별하고 혼자서 3남 1녀를 바느질해서 키웠다. 노년이 되자 셋째 며느리 집으로 가서 살게 된다. 다른 자식들이 어머니 모시는 것에 부담스러워 하자 선뜻 셋째 며느리가 남편에게 어머니를 모시자고 했던 것이다. 셋째 아들 집으로 온 시어머니에게 치매 증세가 나타나기 시작한다. 며느리 토모에는 치매에 관한 책을 사 보기도 하고 노인요양보험에 가서 필요한 정보를 얻기 위해 상담도 한다. 손자들도 할머니에게 약을 챙겨 드린다. 치매가 온 시어머니가 돌발적인 이상 행동을 보이자 가

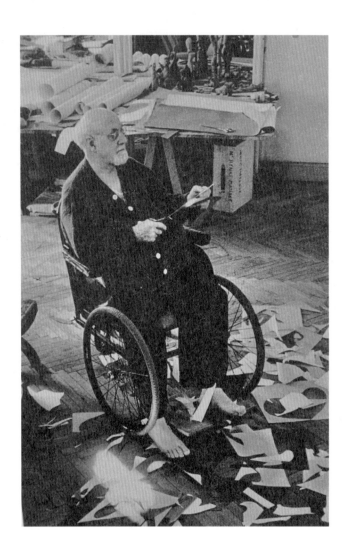

삶의 마지막, 콜라주 작업에 몰입한 마티스

족들의 일상적인 삶이 깨져 버린다. 어느 날 시어머니는 며느리가 자기 돈을 훔쳤다고 의심하며 다그친다. 어떤 때는 남의 집 앞에 쓰레기를 버리는가 하면, 며느리가 만들어 놓은 도시락을 집어 던지면 성질을 부리기도 한다. 꽃 시장에서 일하랴, 사춘기 딸 보살피랴, 집안 살림하랴, 매일 반복되는 시어머니와의 씨름을 견디어 내다보니 토모에는 눈에 띄게 수척해진다.

남편은 직장일로 바쁘다 보니 시어머니 모시는 일은 온전히 셋째 며느리 몫이 되고 만다. 다른 자식들은 전화 한 통 없다. 한 번은 시누이인 아이코가 어머니를 모셔가더니 도저히 해내지 못하겠다며 다시 셋째 며느리에게 모셔온다. 어느 날 시어머니는 며느리 토모에의 머리채를 잡아끌고 대문 밖으로 내동댕이친다. 그러다가 집을 나가 돌아오지 않는다. 토모에는 쏟아지는 비를 맞으며 시어머니를 찾아 나선다. 이곳저곳을 수소문하니 시어머니가 당신의 고향에서 발견되었다는 연락을 받는다. 시어머니를 찾아간 며느리 토모에가 시어머니를 만나자 그녀는 며느리의 품에 안겨서 어린아이같이 울며 집에 돌아온다. 그날 밤 심한 열병에 시달리는 토모에를 보고 남편은 어머니를 노인요양시설에 맡기기로 한다.

시어머니 마사코가 요양시설로 떠나기 전 마지막 밤을 며느리는 시어머니와 한방에서 지낸다. 그날 시어머니는 며느리에게 누구에게도 이야기하지 않았던 그녀의 숨겨진 삶을 털어놓는다. 어린 시절 당신 어머니가 자신을 버리고 떠나간 사연, 이후 양부모집에서 학대받은 일 그리고 도망가는 심정으로 서둘러 결혼을 했으나 남편은 셋째 아들이 초등학교 시절 일찍 저 세상으로 떠나고 만다. 누구의 도움도 없이 네 자식을 바느질로 키운 어머니는 아들에게도 말하지 않았던 그녀의 한 많은 삶을 며느리 토모에에게 털어놓는다. 토모에는 상처받은 시어머니를 보며 연민의 정으로 다시 다가가게 된다.

토모에는 여러 요양시설을 알아보다가 마지막에 불교 사찰에서 운영하는 노인 요양시설에 시어머니를 맡기게 된다. 요양소에서는 첫날 각자 자기소개를 하게 된다. 시어머니는 처음으로 자신의 진심을 며느리에게 털어놓는다.

"나는 며느리가 없으면 죽을 수밖에 없어요. 그동안 억지 부려서 미안하다. 용서해라." 이때 며느리와 시어머니는 서로 눈물을 보인다.

그날 토모에는 요양시설 선생님과 대화중에 중요한 사실을 배우게 된다.

요양원 선생님이 며느리에게 묻는다.

"치매에 걸린 시어머니를 칭찬해 본 적이 있나요?"

"… 잘못을 나무라기만 했던 것 같네요."

"사람은 인정받지 못하면 살 수가 없어요. 어머니를 있는 그대로 받아들여 주어야 살아갈 이유가 있는 거죠. 우리들이 여기서 아무리 정성을 쏟아도 가족을 대신할 수 없어요. 정말 샘이 날 정도로 가족의 사랑이 필요해요."

며칠 후 토모에가 요양원을 방문했을 때 선생님으로부터 뜻밖의 말을 듣는다. 시어머니 마사코의 그림 소질이 탁월하다는 것이다. 그림 실습을 해보고 숨어 있는 마사코의 그림 소질을 발견한 것이다. 토모에는 그림 그리는 시어머니를 옆에서 칭찬한다. "어머니는 세잔보다 그림을 잘 그려요."

한동안 요양원에서 기거하던 시어머니를 토모에는 다시 집으로 모셔온다. 그날 직장에서 돌아온 남편은 기뻐서 자기가 저녁밥을 짓겠다고 한다. 조금은 달라진 분위기에서 가족생활이 시작된다.

시어머니가 집에서 그림을 그릴 때는 가족들이 도와준다. 시어머니가 그린 그림이 입상하여 전시되기도 한다. 어느 봄날 시어머니가 며느리 토모에와 강가에 나가 며느리의 초상화를 그린다. 그림 그리는 시간은 시어머니에게 스스로 자신을 사랑하는 시간이며 또 기쁨과 치유의 시간이다. 집에 돌아온 손자가 할머니에게 초상화 인물을 보고 묻는다.

"이 사람은 누구입니까?"

'소중한 사람'이라고 말한다. 가족의 사랑 안에서 시어머니의 사랑이 다시 살아난 말이다. 영화의 마지막 장면은 이른 봄, 강가의 고목 매화나무에 꽃이 활짝 핀 환한 정경이다. 내 마음도 환해지는 영화의 마지막 장면이다.

삶의 마지막 날들은 누구에게나 소중한 시간이다. 사랑이 함께해야 할 시간이다. 가족의 사랑만이 아니고 스스로 자기 자신에 대한 사랑이 함께해야 할 시간이다. 쇠잔해 가는 인생의 마지막 날들, 마음이 스산한 날은 수를 놓듯이 내 손을 움직일 수 있다면 아무리 작은 일일지라도 하고 싶은 일을 하며 작은 기쁨을 찾는다면 이것이 복된 노년의 삶이다.

"두뇌가 기능을 멈추고/ 내 손이 썩어 가는 때가 오더라도/ 이 순간 내가/ 마음 내키는 대로 글을 쓰고 있다는 것은/ 허무도 어찌하지 못할 사실이다."

피천득 선생의 시 「이 순간」의 일부이다. 이 순간 작은 '함'에서 내 안에 숨겨져 있는 아름다움을 만나는 노년의 마지막 모습은 자신을 사랑하는 삶이고, 또 가족에게는 축복이 되는 삶이다. 하늘이 보기에도 "참 좋다!" 하실 것 같다.

삶을 완성하는 날,
나의
마지막 기도

신명과 원형의 땅 진도를 찾았다. 보리와 파꽃이 물결치는 밭길을 걷다가 잊혀졌던 상여 행렬과 마주친 적이 있다. 어린 시절의 기억이 되살아나 한참을 지켜보았다. 상여 행렬에는 여인들의 애절한 만가가 있어 토속적이면서도 원형의 울림이 있다. 선생님이 돌아가셨는지 학생들과 제자들로 보이는 행렬이 꽤나 길게 이어졌는데 진도 아낙네의 만가와 함께 시야에 멀리 사라지던 상여 행렬이 지금도 잊혀지지 않는다. 진도 만가는 망자가 한을 풀며 멀리 떠남을 노래한 것이라고 한다. 젊은 시절과는 달리 상여 행렬이 친근하게 느껴졌다. 죽음이 삶의 한 형태임을 깨닫는 나이가 됐기 때문인지 모르겠다.

그날 상여를 타고 떠나간 사람은 생전에 어떤 말을 세상에 남겼을까. 사람들은 가끔 죽음을 준비하는 유언에 대해 이야기한다. 언젠가 각계 인사들이 남긴 '미리 쓰는 나의 유언장'이라는 글을 읽은 적이 있다. 유언장에는 사람마다 다른 희망과 삶의 지혜를 담고 있었다.

"죽은 뒤에는 재를 부모님 묘가 있는 산에 훨훨 뿌려 주었으면, 그리고 잊혀졌으면 한다."는 유언을 비롯해 "얼마간의 돈이 남아 있으면 어린이들의 장학기금으로 남기고 싶다. 이것을 본 어린이들이 남을 위해 무엇을 도와주거나 나눠 줄 수 있는지 생각해 보는 기회가 됐으면 한다." "사후에 장기나 시신을 기증하고 싶다." "예술품과 재산을 사회 공익 단체에 기증하고 싶다."는 등의 내용이었다. 또 '모든 일에 감사하라'는 성서의 말을 남기는가 하면, 세상을 사는 지혜로 '보증을 서지 말 것과 주식 투자에 손대지 말 것'을 당부한 유언도 있었다. 한 여행자는 자식들에게 '죽기 전에 꼭 가봐야 할 곳'을 남긴 유언도 있었다. 유언의 내용은 각자의 삶과 가치를 담고 있었다. 유언장을 미리 준비한다는 것은 삶을 돌이켜 보고 여생의 삶을 보다 의미 있게 살아가고자 하는 바람이기에 소중한 일이다.

죽음은 삶의 완성이라고 한다. 사랑으로 채워진 삶의 마무리가 아름답고 평화로운 것임을 보여 주는 사람이 있다. 헬렌 니어링은 『아름다운 삶, 사랑 그리고 마무리』라는 책에서 이를 보여 주고 있

모든 것을 덮어 주시는 그분의 자비

다. 이 책은 저자 헬렌이 평생 '땅에 뿌리박는 삶, 조화로운 삶'을 살아온 남편 스콧의 죽음에 대해 이야기하고 있다. 50여 권의 책을 쓴 저술가이면서도 땅에 묻혀 겸손하고 소박한 노동의 삶을 살아온 헬렌의 남편 스콧은 죽음에 대비해 '주위 여러분께 드리는 말씀'이라는 메모를 남긴다. 메모에서 "나는 조용히 자연스럽게 죽음을 맞기를 희망한다. 나의 죽음에 대해 슬픔에 잠길 필요는 없다. 오히려 마음과 행동에 조용함, 위엄, 이해 그리고 평화로움을 가지고 죽음의 경험을 나누었으면 한다." 또 그는 "나는 힘이 닿는 한 열심히 충만하게 살았으므로 기쁘고 희망에 차서 간다." 하면서 "죽음은 옮겨감이나 깨어남이며, 또한 생명력이 더 높은 단계에 접어드는 시작"이라고 말하고 있다. 책의 끝부분 '황혼과 저녁별'에는 헬렌이 임종을 맞는 스콧을 침상에서 지켜보며 마지막으로 그에게 조용히 다가가 말하는 장면이 나온다.

"여보, 당신은 훌륭한 삶을 살았어요. 당신 몫을 다했어요. 새로운 삶으로 들어가세요. 빛으로 나아가세요. 사랑이 당신과 함께 가요."

헬렌이 말을 끝내자 남편 스콧은 가는 목소리로 "좋-아."라고 간신히 말한 뒤 숨을 거둔다. 이때 헬렌은 "보이는 것이 보이지 않는 곳으로 옮겨 갔음을 느낀다."라고 기술하고 있다. 그녀는 그 후 "우리의 사랑은 반세기 동안 지속됐고, 그이가 떠난 지 8년이 지난 지금에도 여전히 계속되고 있다."고 말한다.

헬렌은 책에서 반세기 동안 같이한 '땅에 뿌리박는 삶'과 평온하고도 위엄을 간직한 남편의 죽음을 통해서 사랑과 삶과 죽음이 하나임을 보여 주고 있다. 평온하고 평화로운 죽음은 사랑의 삶에서 키워짐을 다시 배우게 된다.

어제는 서울성모병원을 찾았다. 중환자실에 입원하고 있는 박 선배님을 뵈러 갔다. 평생 독실한 가톨릭 신앙인으로 평생을 살아오신 선배님은 남을 위한 삶으로 주위의 존경을 받아 오신 분이다. 중환자실에 들어서니 청결하게 정리된 병실은 바쁘게 오가는 간호사들의 모습에도 조용하기만 하다. 병실의 환자들은 모두가 가는 숨을 쉬고 있다. 안내 간호사가 "어제는 박 선생님께서 혼수 상태였는데 오늘 다행히 의식이 돌아왔습니다." 한다. 침대에 다가가 보니 생전의 모습과는 달리 초췌한 모습에 눈을 감고 계신다. 사람의 접근에 눈을 가만히 뜨신다. 희미한 눈빛에 눈길이 마주쳤다. 처음에는 사람을 알아보지 못하다가 잠시 후 고개를 들며 입을 열어 말을 하려고 하신다. 가만히 한 팔로 어깨를 보듬어 드렸다. 나도 모르게 믿음의 말이 나오고 말았다.

"선배님, 참으로 열심히 사셨습니다. 좋은 일 많이 하셨습니다. 지금 여기 주님이 함께하고 계십니다."

선배님의 눈에 눈물이 고이신다. 입을 조금 열어 가늘게 "고…

고…." 하시며 고맙다는 말을 하려고 하신다. 떠나시는 분의 마지막 '고… 고….'라는 가는 음성이 긴 여운으로 남는다. 병실을 나왔다. 햇살 고운 봄날, 길거리를 오가는 사람들의 움직임이 분주하다. 세상은 여전하다.

10여 년 전 세상을 떠나신 어머님의 임종을 지키지 못한 불효에 지금도 가슴 아프다. 그날 아침 일찍 병세가 위독하시다는 의사 선생님의 연락을 받고 병실로 달려갔으나 산소 호흡기만 대고 계실 뿐 이미 생을 달리하고 계셨다. 생의 마지막 순간, 어머님께서는 얼마나 외로우셨을까. 불효에 한없이 후회스럽고 지금도 죄송할 뿐이다.

죽음은 인간의 일이 아니라는 것을 알면서도 사람은 누구나 고통 없는 죽음을 맞았으면 하는 바람을 갖게 마련이다. 그러나 신앙인으로서 곰곰이 생각해 보면 모든 죽음은 그분 사랑의 섭리에 의한 것이 아닌가. 모든 것을 온전히 그분 섭리에 맡겨드리고 싶다. 임종의 시간, 그분의 현존의식('지금 당신은 나와 함께 계십니다!'라는 의식)만은 잊지 않았으면 한다. 그분의 현존의식 안에서 그분의 자비에 허물 많은 삶의 발자국을 맡겨 드리고 싶다. 삶의 마지막 희망은 그분 자비에 대한 믿음이며 감사이고 싶다.

멀리 바닷가를 바라본다. 백사장에 남긴 삶의 발자국들, 바닷가 파도가 그걸 곱게 보듬어 준다. 김명수 시인의 바닷가 파도가 그분의 자비로 다가온다. 그 자비에 감사하고 또 감사하고 싶다.

> 바닷가 고요한 백사장 위에
> 발자국 흔적 하나 남아 있었네
> 파도가 밀려와 그걸 지우네
> 발자국 흔적 어디로 갔나?
> 바다가 아늑히 품어 주었네
>
> ―김명수, 「발자국」

　여기서 잠시 삶을 완성하는 죽음을 준비해야 할 사람들, 오늘 나의 기도는 무엇인가? 스스로 묻게 된다. 지금 나에게 죽음을 위한 기도는 날마다 오늘이 소중한 날이어야 함이다. 오늘 내 삶을 진정 사랑하고 감사하는 삶이다. 어느 신부님의 이야기가 생각난다. 신학교에서 학생들에게 강의를 하면서 신부님이 이렇게 물었다. "세상 마지막이 한 시간 남아 있다고 한다면 여러분은 지금 무엇을 하겠습니까?" 성당에 달려가 기도하고 싶다, 어머니에게 감사와 사랑의 인사를 전하고 싶다는 둥 학생들의 대답은 다양했다. 신부님의 답변은 "지금 여기 내가 하고 있는 일을 하다가 그대로 세상을 마치고 싶다."는 이야기였다. 지금 여기 이 순간의 삶이 바로 죽음을 준비하는 기도였다.

세상은
언제 어디서나
나를 초대하고 있다.

_나는 무엇을 보았는가?

　세상을 본다. 머물러 찬찬히 보아 주면 세상은 온통 경이로움이다. 언제부터인지 나는 세상 사람의 뒷모습 보기를 좋아하게 되었다. 사람의 뒷모습에는 그의 삶이 있고 이야기가 있다. 봄날 호숫가, 그림에 몰두하는 화가의 뒷모습이, 삼매경에 빠진 낚시꾼의 뒷모습이 무아를 이야기한다.

　성당에서 홀로 기도하는 노인의 뒷모습과 하루 일을 마치고 집으로 돌아가는 사람의 뒷모습이 경건한 삶을 이야기한다. 가을 해질녘, 순천만 갈대 숲길에서 만난 노부부의 뒷모습이, 그리고 강진 백련사 배롱나무 아래 멀리 구강포를 내려다보고 있는 여인의 뒷모습이 사랑을 이야기한다. 화순 백아산 가을 들판에서 수확을 마치고 수레 밀며 귀가하는 시골 아낙네 뒷모습이 옹골찬 삶을 보여 주니 거룩한 모습이다. 정호승의 시 「뒷모습」이 어머니를 이야기한다.

사람의 뒷모습 중에서
가장 아름다운 모습은
저녁놀이 온 마을을 물들일 때
아궁이 앞에 쭈그리고 앉아
마른 솔가지를 꺾어 넣거나
가끔 솔방울을 던져 넣으며
군불을 때는
엄마의 뒷모습이다

나는 봄날 마당에 피는 노란 수선과 연보랏빛 깽깽이풀이 가져다주는 봄빛을, 여름날 동네 어귀 청보라 도라지꽃과 분홍 꽃떨기를 매달은 배롱나무를 좋아한다. 미루나무 너머로 푸른 하늘에 뭉게뭉게 피어오르는 흰 구름의 율동을, 고향집 처마 끝에서 떨어지는 낙숫물 소리가 그리움이 되고 시가 되는 여름날을 좋아한다. 창문을 열면 앞마당 파초 잎에 떨어지는 경쾌한 빗소리와 들판에서 울어대는 개구리의 합창소리가 고향땅의 찬가로 들려오는 비오는 날을 좋아한다.

남도 강진의 풍광을 좋아한다. 해질녘 백련사 앞마당에서 멀리 내려다본 구강포 전경이 한 폭의 그림이 되고 배롱나무 줄기들의 곡선 흐름이 무도회의 춤추는 사람들의 율동으로 다가오니 이 또한 좋아한다. 남도 조계산, 승주 선암사 대웅전 앞마당, 홍매화가 문향聞香으로 다가오는 남도의 이른 봄을 좋아하고, 돌확 수로의 청정한 물소리와 시어가 흐르는 돌담길을 좋아한다. 고창읍성의 가을빛 성벽이 색채선율적으로 한 폭의 그림을 선사하니 그 앞에서 홀연히 바흐의 선율을 듣는 듯하다.

제주 서편 해안 언덕에 세워진 이타미 준의 '바람미술관'의 단순한 공간을 좋아한다. 빛과 그림자, 그리고 바람 소리가 어우러진 청정한 공간이 마음을 차분하게 한다. 단순한 공간, 맑은 소리가 마음을 정화시켜 준다. 단순한 공간, 단순한 소리, 단순한 빛이 좋다.

흑백 사진의 거장 마이클 케나Michael Kenna의 여백 사진과 그의 단순한 언어를 좋아한다. '고요한 아침'을 사진에 담으며 "침묵이 세상의 모든 것을 담고 있고, 세상의 모든 소리를 이기고 있다."라고 한 그의 말을 좋아한다.

봄날 해질녘 강변 풍경과 역광에 담은 할미꽃 사진을 좋아한다. 흐르는 섬진강 물 위에 아롱진 벚꽃 그림자와 산 그림자를 그리고 호수의 고요한 물 그림자를 좋아한다. 광교산 솔숲길의 바람결과 숲의 향기를, 서산에 길게 걸려 있는 석양의 노을빛을 좋아한다.

빛과 그림자, 바람과 돌의 공간-바람미술관, 제주

자연의 아름다움이 침묵으로 숨쉬고 있는 땅. 장대한 캐나다 로키산맥의 석양 풍광을 좋아한다. 석양빛에 물든 정상의 만년설을 보며 연보랏빛 어둠이 내린 밸마운트Valemount의 숲길을 홀로 걸으며 고요한 침묵에 잠겨 버린 나, 그리고 레이크 루이스 호반 길, 우산도 없이 빗속을 걸으며 은은한 빗소리에 안기고 얼굴에 와 닿는 신선한 비의 촉감에 취해 버린 나를 좋아한다.

나는 그림 그리기를 좋아한다. 내가 그린 그림보다 손녀가 그린 그림을 더 좋아한다. 손녀가 그린 그림은 동요며 동시다. 어린이의 그림은 순수하다. 어린이 그림을 보는 시간은 '옛날의 나', 바로 순수한 나로 돌아가는 시간이다. 삶이 가장 훌륭한 순간은 당신이 순수할 때, 당신 자신이 참모습으로 있을 때다. 순수한 어린이의 모습으로 돌아간 노인의 모습을 좋아한다.

호스피스 병실 봉사자의 고요하고 선한 눈빛을 만나면 내가 작아진다. 얼굴에 선량함을 가득 담고 침묵하는 노인의 모습을 좋아한다. 세상의 모든 선을 담고 있는 침묵을 좋아한다. "행복에 대한 최고의 표현은 침묵이다."라는 안톤 체호프Anton Chekhov의 말과 "봉사의 열매는 침묵이다."라는 마더 테레사Mother Teresa의 말을 좋아한다.

시골 시장 사람들의 꾸밈없는 얼굴 표정과 후박한 인정을, 그리고 새벽 생선시장의 생동하는 아침 기운을 좋아한다. 또 어촌 사람

구름을 담은 호숫가 물 그림자

들의 무의식중에 나오는 순수한 말을 좋아한다. 언젠가 남도 강진 회관에서 우연히 만난 식당 주인 할머니가 내뱉은 한 마디 말이 시로 다가왔다. 반평생 바닷가 갯벌에 나가 짱뚱어를 잡아 생계를 유지해 왔다는 할머니에게 손님이 위로의 말을 건넸다.

"할머니, 갯벌일이 참 어려우셨지요!"
"아이고, 모르는 소리여. 갯벌에 나가 일헐 때가 제일 좋아부러! 그땐 아무것도 생각 안 헌게." 할머니의 말이 바로 시가 아닌가.
갯벌에 나가 짱뚱어잡이에 몰입하는 시간, 그녀에게는 지나온 삶의 시름과 애환을 잊을 수 있는 시간이 아닌가. 고된 삶의 현장에서 날마다 지금을 살아온 할머니의 삶은 시를 살아온 삶이요, 영원을 살아온 삶이 아닌가 싶었다. 이가림의 시 「바지락 줍는 사람들」의 삶이 거룩하기만 하다.

바르비종 마을의 만종 같은
저녁 종소리가
천도복숭아 빛깔로
포구를 물들일 때
하루치의 이삭을 주신
모르는 분을 위해
무릎 꿇어 개펄에 입 맞추는
간절함이여

거룩하여라

호미 든 아낙네들의 옆모습

　세상은 그 아름다움과 거룩함으로 언제 어디서나 나를 초대하고 있다.

　세상이 그지없이 고맙기만 하다. 스스로 묻고 싶다. 나는 무엇을 보았는가? 그리고 무엇을 볼 것인가? 나 자신이 기다려진다.

보고 싶은
그림이
나를 찾아왔다

__오랜 기다림, 큰 기쁨

　나이 들수록 오래됨은 나에게 편안함으로 다가온다. 친구가 그
렇고 집이 그렇고 마을이 그렇다. 여행 중 세월에 빛바랜 마을을
만나면 고향에 온 듯 마음이 편안하다. 10여 일 간의 긴 스코틀랜
드 여행 끝에 들른 고도 케임브리지의 느낌도 그러했다. 대학로에
서 케임브리지 대학으로 들어서는 5월의 공원 숲길은 바람결이 싱
그러웠다. 오솔길을 따라 캠퍼스 방향으로 걷다 보니 케임 강의 다
리 아래 한가로이 카누 젓는 사람들이 보였다. 북유럽의 베니스
라는 벨기에의 브뤼헤의 전경을 연상케 하는 평화로운 전경이다.
800여 년의 역사를 지닌 대학 캠퍼스. 중세 수도원 느낌의 골목길
을 걷다 보니 나도 모르게 시간을 거슬러 잠시 그 시대에 돌아간

느낌이었다. 케임브리지 대학 교수들이 매일 다녔다는 킹스 칼리지의 채플 건물에 들렀을 때 더욱 그런 느낌이었다.

채플 건물은 1515년 헨리 8세 때 완공되어 세계에서 가장 상징적인 건물의 하나로 수직적 고딕 건물의 걸작으로 평가받고 있다. 공간은 거대한 스테인드글라스 창문과 놀랄 만큼 섬세한 부채꼴 볼트를 올린 정방형 건물이다. 천정의 볼트는 기둥과 문설주가 수직으로 올라가면서 통유리로 만든 거대한 공간 위에 아무 지탱도 받지 않고 떠 있는 환상적인 느낌을 준다. 채플 스테인드글라스는 제2차 세계대전 중 피해에 대비하여 별도로 보관하였던 장치물로 지금도 원래의 우아한 아름다움을 그대로 간직하고 있었다.

5월의 석양빛에 투사된 스테인드글라스의 신비한 빛이 장중한 공간에 스며들고 있다. 이 빛은 지난 5백 년 동안 케임브리지를 비추며 '만유인력의 법칙'의 아이작 뉴턴과 '진화론'의 찰스 다윈, '계몽철학'의 존 로크와 경제학자 앨프레드 마셜과 케인스 같은 세계적인 석학들을 배출한 진리의 빛으로 앞으로도 이 세상을 밝힐 것이다. 인류 문명사에 위대한 족적을 남긴 사람들은 시간을 초월하여 그들의 지성과 지혜로 이 세상을 밝히고 있으니 그들의 위업에 잠시 숙연해진다. 채플 건물의 뒷문을 나서니 얼굴을 부드럽게 스치는 케임 강변의 미풍이 싱그러웠다.

케임브리지 대학 방문은 어쩌면 나에게 오랜 기다림이었다. 세계 최고의 명문 대학으로 91명의 노벨상 수상자를 배출한 세계 석학의 본향이기도 하지만 케임브리지에 오면 한 번은 꼭 방문하고 싶은 곳이 있었기 때문이다. 바로 피츠윌리엄 미술관Fitzwilliam Museum이다. 1816년 비스카운트 피츠 윌리엄이 케임브리지 대학에 유증한 수집품을 보관하기 위해 건립된 미술관으로 1875년에 완공되었다. 이곳에는 이집트 그리스 로마의 고대 유물과 함께 유럽 거장의 회화 작품들이 소장되어 있는데 이 가운데 특별히 관람하고 싶었던 그림은 경제학자 케인스가 그의 모교인 킹스 칼리지에 기증했다는 세잔의 '사과 정물화'다.

킹스 퍼레이드King's Parade의 트럼핑턴 거리Trumpington St.에 위치한 피츠윌리엄 미술관을 찾았다. 그리스풍의 백색 건물인데 앞마당에 인체 조형의 현대 조각이 설치되어 있다. 입구 안내 직원에게 세잔의 '사과 정물화' 전시장을 물으니 도록을 찾아 2층 갤러리 전시장을 친절히 안내해 준다. 모네 르누아르 등 인상파 화가들의 그림이 전시되어 있는 갤러리에 들어서니 실내 오른쪽 코너벽, 작은 액자에 걸려 있는 세잔의 사과 정물화가 눈에 들어온다. 오랜 기다림에 보고 싶었던 그림이다. 천천히 그림 앞으로 다가가 작품을 마주하니 오래 전 읽었던 '케인스와 세잔의 사과 정물화' 이야기가 생생한 기억으로 되살아난다.

20세기 영국의 위대한 경제학자 케인스는 경제학자이면서도 실로 다방면에 걸쳐 활동한 천재였고 지성인이었다. 예술 애호가였고 옛날 동전과 고서의 수집광이기도 한 그는 아이작 뉴턴의 육필 원고 수집에 힘을 쏟기도 하였다. 킹스 칼리지 교수, 영란은행 이사, 학사원 회원, 재무부 고위관료, 보험회사 사장, 『이코노믹 저널』의 편집장 그리고 예술가협회 회장 등 다양한 분야에서 활약하였던 세기적 인물이었다. 케인스는 런던예술가협회 활동에 남다른 애정을 갖고 예술가들을 재정적으로 지원하는 데 적극적이었다. 특별히 그는 평생 그림을 사랑했고 미술품 수집에 누구보다 관심이 많았다.

제1차 세계대전이 막바지에 접어들던 1918년 3월 케인스의 절친한 친구이자 화가인 덩컨 그랜트Duncan Grant는 미술평론가 로저 프라이Roger Fry로부터 파리에서 있을 '드가 컬렉션' 경매 카탈로그를 입수한다. 경매 미술품을 검토한 그는 세계적 걸작품들이 경매에 나와 있는 것에 놀라고 흥분했다. 그날 그는 당시 재무성에 근무하고 있던 케인스를 불러 저녁을 같이 하면서 영국 국립미술관Nation Gallery이 이번 컬렉션 경매에 참여할 수 있도록 재무부가 예산을 배정해 줄 것을 부탁한다. 그날 케인스는 덩컨 등 화가들과 함께 경매 미술품 도록을 보면서 영국이 모처럼 귀한 미술품을 구입할 수 있는 기회라는 생각을 갖게 된다. 그는 특히 세잔의 작품에 주목했다. 케인스와의 회동 후 며칠이 지난 3월 21일, 덩컨은 케인스로부

사과가 있는 정물, 세잔, 캔버스에 유화

터 예산이 확보되었다는 반가운 전화를 받게 된다. 당시 예산을 확보하는 데 결정적 역할을 했던 케인스는 그의 친구에게 보낸 편지에서 당시의 정황을 이렇게 적고 있다.

"이번 그림 구입 결정은 하루 반 만에 전격적으로 이루어졌네. 어렵사리 56만 프랑의 예산을 확보하게 되었네. 나도 마침 경매일 전후 국제금융회의에 참석차 파리에 머물 계획이어서 그날 국립미술관 관장 찰스 홈스Charles Homes와 같이 경매장에 나갈 예정이네."

경매는 3월 26-27일 이틀에 걸쳐 '갤러리 조지 프티'에서 이루어졌는데 당시 파리 근교는 독일군의 포격으로 포성이 그치지 않아 분위기가 어수선했다. 경매 초반에는 참가자들이 별다른 열의를 보이지 않아 낙찰가도 낮게 형성되었으나 영국 국립박물관이 파리 루브르 박물관을 제치고 들라크루아 등 여러 작품들을 낙찰 받으면서 점차 활기를 띠기 시작했다. 케인스는 이날 경매에서 그가 좋아했던 1878년 세잔이 완성한 '사과가 있는 정물' 등 수점의 작품을 개인적으로 구입하였다. 그는 그날 구입한 작품들 가운데 세잔의 그림에 남다른 애착을 갖고 이를 소장하게 된 것을 매우 자랑스럽게 생각했다. 케인스는 경매 작품 구입을 계기로 그 후 마티스, 피카소, 드가, 브라크 등 유명 화가들의 작품들을 수집했다. 그는 그림 감상하기를 좋아해 해외 출장에서 집에 돌아오면 침실 벽에 걸린 세잔 그림을 즐겨 보며 "참으로 아름다운 그림이야!" 하면서 휴식을 취하곤 했다.

  케인스가 이렇게 아껴 소장했던 세잔의 '사과가 있는 정물' 작품은 훗날 그의 유언에 따라 모교인 킹스 칼리지King's College Cambridge에 기증되어 바로 이곳 피츠윌리엄 미술관Fitzwilliam Museum, Cambridge에 소장되어 있는 것이다.

  케인스의 세잔 그림 이야기를 내가 처음 알게 된 것은 10여 년 전 일이다. 당시 영국에서 출간된 케인스 에세이집에서 세잔 그림 이야기를 읽으며 이 작품이 어떤 그림일까 몹시 궁금했다. 한국은행 런던사무소에 근무하고 있던 김윤철 박사에게 케인스의 그림 이야기를 전했더니 그는 일부러 케임브리지 미술관을 찾아가 세잔 사과 정물화의 그림엽서를 어렵게 입수하여 보내 왔다. 그의 정성이 고마웠다. 세잔의 사과 정물화 그림엽서를 보면서 언젠가는 이 그림을 한 번 보리라 하는 마음을 지녀왔다. 그날 미술관에서 바로 그 세잔의 사과 정물화 그림을 마주하니, 긴 세월 그리던 옛 고향 친구를 만난 듯 그 감회와 기쁨은 남다른 것이었다. 오랜 기다림이 가져다 준 선물이었다. 그림과의 만남이 시공을 초월하여 작가 영혼과의 만남으로 다가오니 신비한 일이다.

  미술관에서 관람한 '사과 정물화' 그림은 단순한 구도의 그림으로 세잔의 리듬화한 필촉으로 사과의 풍부한 색감과 양감을 잘 나타내 주고 있다. 세잔은 단순화된 면과 색으로 가장 효과적이고 입체적인 그림을 그린 화가였다. 그림 옆에 작은 설명서가 붙어 있다.

> "이 그림은 세잔이 인상파 화가들과 마지막 전시회를 가진 1878년경에 그린 그림으로 세잔의 작품들 가운데 걸작 중 하나로 평가되고 있다. 세잔은 1878년 남부 프랑스의 프로방스에 돌아와 '나는 사과 하나로 파리를 정복할 것이다.'라고 말하면서 인상파와는 달리 빛의 변화에 따른 표면의 색채나 형태보다는 대상 본래의 모습을 표현하는 걸작품들을 남겼다."

경제학자로서 냉철한 머리와 따뜻한 마음(cool head, but warm heart)을 가져야 한다고 했던 케인스가 왜 세잔의 그림을 좋아했는지는 알 수 없다. 아마 그의 지성과 따뜻한 감성 그리고 예술에 대한 사랑 때문이 아닐까 싶다.

사람과 그림과의 만남은 신비하여 사람들은 자기가 좋아하는 그림을 구입하여 소장한다고 생각하지만 그림의 입장에서 보면 세상에 태어난 자기를 진정 좋아하는 영혼을 찾아가는 것이라고 한다. 케인스가 세잔의 그림을 소장할 수 있었던 것은 케인스가 좋아했던 그림이 그를 찾아간 것이 아닐까 싶다. 내가 케임브리지에서 세잔의 그림을 만날 수 있는 것도 내가 좋아하는 그림이 나를 찾아와 준 것이 아닌가 싶다. 살면서 그리움과 꿈을 간직하고 간절히 기다리면 언젠가는 반드시 그것이 나를 찾아온다고 말하고 싶다. 그리움과 기다림의 삶은 그자체가 아름다움이고 축복이다.

　미술관 회랑을 걸어 나오는데 맞은편 갤러리에서 감미로운 바이올린 선율이 들려온다. 미술관에서 'Music in the Fitzwilliam'이라는 이름으로 관람객을 위해 매달 개최되는 작은 음악회다. 케임브리지 대학 출신 음악가들이 초청된 유보연주회(promenade concert) 형식의 갤러리 음악회다. 여행길에 음악과 만남은 머무름이었고 쉼이었다. 연주 공간은 그림 속에 음악이 녹아 있고 음악 속에 그림이 살아 있는 공간이었다. 이날 갤러리에 흐르는 모차르트와 바흐의 바이올린 소나타의 선율은 전시장의 그림들을 봄빛으로 물들이고 있었다. 감미로운 음악 선율은 여행자의 마음을 적시며 케임 강변의 봄날을 아름답게 수놓고 있었다. 손녀와 함께 미술관을 나오니 케임브리지의 봄날은 조용히 저물고 있었다.

2
나를 찾아가는 기쁨

홀로 걸으라,
그대
행복한 이여

지난해 서울 서초동에서 용인 성복동으로 이사를 했다. 살기 좋은 동네다. 맑은 공기에 개천물이 시원하고 무엇보다 매일 아침 산책할 수 있는 숲길이 있어 좋다. 걷는 동안 마음이 행복하다. 땅을 밟는 두 발도 행복하다. 김재진 시인이 노래한다.

둥근 우주같이 파꽃이 피고
살구나무 열매가 머리 위에 매달릴 때
가진 것 하나 없어도 나는
걸을 수 있는 동안 행복하다.

산책길은 광교산 아랫자락에서 시작하는 완만한 숲길이다. 천천히 길을 들어선다. 솔숲의 청정한 기운이 흐르는 숲길을 걷다보면 얼굴을 스치는 솔바람이 신선하고 숲의 소리에 눈과 마음이 맑아진다. 봄날이면 연분홍 진달래꽃으로 이어진 숲길은 시어가 흐르는 오솔길이 된다. 해질녘 석양빛 역광에 비친 진달래의 연분홍빛은 해맑고 화사하다. 진달래, 개나리로 시작한 꽃길은 철따라 민들레, 동자꽃, 도라지꽃, 바위구절초, 개쑥부쟁이, 감국, 코스모스로 이어지면서 계절 따라 그 정취를 달리한다. 그런가 하면 비 온 다음날, 산책길을 걷다 보면 땅에 고여 있는 빗물이 푸른 하늘과 흰 구름을 담고 있어 이날은 마치 하늘 숲길을 걷는 기분이다.

산책길 꽃들 가운데는 여름부터 가을까지 피어 있는 도라지꽃이 좋다. 청보라색과 은은한 흰색의 꽃들이 서로 어우러져 하늘거릴 때면 숲길은 온통 시적 정취가 넘친다. 늦가을이 다가오면서 도라지꽃들은 거의 사라지는데 간혹 남아 있는 몇 송이 꽃들은 마지막 온 힘을 다해 저마다의 색깔을 드러내고 있다. 계절 막바지에 도라지꽃의 보랏빛은 더 순수하고 곱게 보인다. 잠시 꽃 앞에 쭈그려 앉아 쇠잔해 가는 도라지꽃을 보니 한 꽃대에 두 송이 꽃만 남아 있다. 큰 꽃은 어머니 꽃, 작은 꽃은 자식 꽃으로 보인다. 늦가을 이제 서로가 이별을 할 때다. 바람결에 꽃잎의 흔들림이 손을 들어 작별 인사를 하는 듯하다. 며칠 후 이 꽃들도 사라져 버린다. 꽃길이 텅 비어 버린다. 빈 터를 물끄러미 바라보고 있는데 느닷없

홀로 걷는 길, 나를 만나는 길

이 곱고 고운 도라지꽃이 눈앞에 아른거린다. 보이지 않는 꽃이 보이는 꽃보다 더 아름답게 다가온다. 사라진 꽃이 가져다 준 아름다움, 소멸의 아름다움인지 모르겠다.

또 어느 초가을 날, 도라지꽃에 시선을 두고 지나가는데 길 옆 어디선가 나를 부르는 낮은 소리가 있다. 옆을 보니 길가에 피어 있는 작은 구절초 한 송이가 부르는 소리다. 다가가 꽃을 유심히 보니 구절초의 꾸밈없는 소박한 아름다움이 소중한 아름다움으로 느껴진다. 머물러 보아 주면 모든 것은 아름다움이다. 나태주 시인은 「풀꽃」을 이렇게 노래한다.

자세히 보아야
예쁘다

오래 보아야
사랑스럽다

너도 그렇다

또 이런 일도 있었다. 지난해 늦가을, 그날도 산책길을 걷는데 이게 어찌된 일인가. 송전탑 주위의 공사로 작은 꽃터가 하룻밤 사이에 크레인으로 파헤쳐져 아무것도 보이지 않는다. 숲길 꽃터가 텅 비어 버렸다. 흙은 파헤쳐져 있고 여기저기 꺾인 꽃나무 줄기만 흙 속에 보일 뿐이었다. 이젠 봄이 와도 더 이상 꽃들을 볼 수 없겠구나 하는 생각에 허전했다.

세상 아픔에는 소생의 기적이 있었다. 이른 봄 산길을 걷는데 지난해 공사장 길바닥에 새로 돋아나는 작은 새순들이 보이지 않는가. 지난해 파헤쳐 여기저기 흩어진 꽃씨들이 길 위에 다시 싹을 틔우며 새순이 돋아나기 시작한 것이다. 경이로운 생명력이었다. 새순을 보는 순간 내 마음에도 새순이 움트는 듯, 기쁨이 움튼다.

다음날, 새순 주위에 웬 작은 돌들이 보였다. 누군가 길 위의 새순들을 보호하기 위해 주위에 작은 돌들을 쌓아 놓은 것이다. 나도 작은 돌들을 주워다 새순들 주위에 놓아 주었다. 사람들이 길 위의 작은 돌들을 보고 비켜 지나가기를 바라는 마음에서다. 그 후 나날이 새순들이 움터 자라며 연초록빛을 더해 가는 모습이 경이로웠다.

그런데 며칠 후 길을 걷다 보니 새순과 주위의 돌들이 모두 치워져 아무것도 보이지 않았다. 주위에 삽질 흔적만 남아 있다. 찬찬히 보니 누군가 새순들을 길가로 안전하게 옮겨 심어놓은 것이다. 안심이다. 산에 삽까지 들고 와 새순들을 옮겨 심은 사람의 꽃 사랑이 고맙기 이를 데 없었다. 보이지 않는 사람의 선함이 있어 오늘도 솔숲 꽃들은 사람들에게 아름다움과 기쁨을 선사하고 있다.

봄이 오면 산책길은 화사한 진달래꽃으로 계절의 운치가 넘친다. 이 꽃길은 오랫동안 암 투병을 하다가 지금은 고인이 된 김수철이란 분의 정성으로 이루어진 길이라고 한다. 알고 보니 그분은 나와 한 직장에서 오랫동안 함께 봉직했던 분이었다. 생전 꽃을 좋아해 손수 꽃길을 만드는데 수년 동안 온 정성을 다 했다고 한다. 한 사람의 정성과 노고가 사람들에게 아름다움을 남겨 주니 그분은 하늘나라에 보화를 쌓은 분이라 생각된다. 저승과 이승의 두 사람이 진달래 꽃길에서 우연히 다시 만나게 되니 그분께 감사하며 천상에서 편히 쉬시기를 빌었다.

솔숲길을 걷다 보면 남향받이 언덕에 종중의 묘지가 눈에 들어온다. 잠시 돌아가신 분들을 생각하며 기도할 수 있고 또 죽음에 대해 묵상하는 시간이기도 하다. 죽음은 삶의 완성이라고 한다. 죽음의 시간은 '나 아닌 나'로 살아온 내가 '나'로 돌아가는 시간이 아닌가 싶다. 자신에게 가장 정직해야 할 시간이며 자신의 삶과 화해해야 할 시간이다. 아름다운 나로 돌아가는 시간이다. 죽음이 있어 내가 아름다울 수 있다면 죽음은 삶의 완성이 아닌가. 오늘도 솔숲길을 홀로 걷는다. "홀로 걸으라, 그대 행복한 이여" 인도의 성인 비노바 바베의 말을 생각한다.

자신이
카메라에 담는 것이
바로 나다

_ 내 안의 나를 찾아 준 사진

나에게는 주먹만 한 작은 카메라가 있다. 10여 년 전, 생일 선물로 받은 것인데 지금까지 아무 탈 없이 사용하고 있다. 작품 사진을 하는 전문가도 아닌 사람이 가족 행사나 여행길에 사용하는 데는 가볍고 조작이 편리하여 안성맞춤이다. 지금껏 사용하는 데는 불편함이 없었으나 여행길에서 두어 번 잃을 뻔한 일이 있었다. 2011년 봄 캐나다 앨버트주 밴프 국립공원 안에 있는 10대 절경 중 하나인 루이스호를 방문했을 때의 일이다. 아내와 함께 장엄한 로키산맥에 둘러싸인 호반길을 천천히 걷는데 멀리 잔설과 호숫빛을 배경으로 웅대한 자연의 아름다움을 사진에 담는 일은 특별한 경험이었다. 눈과 마음이 옥색 호숫빛에 잠기니 여행 피로가 한꺼번에 씻겨지는 느낌이었다. 산책길을 돌아 샤토 레이크 루이스Chateau Lake Louise 호텔 로비에 들어서니 우아한 프랑스 왕조풍의 내부 시설과 고급 쇼핑점이 우리를 맞았다. 이층에서 중앙홀 창문 밖을 보니 봄날 호수 전경은 호반의 꽃과 멀리 빅토리아산의 잔설이 어우러져 한 폭의 그림이 되었다.

호텔에서 나와 주차장으로 향하는 길에 주머니의 카메라를 찾으니 보이지 않는다. 여기저기 주머니를 다 뒤져 보아도 오간 데가 없다. 가던 길을 되돌아 호텔 여기저기를 찾아보았으나 카메라는 보이지 않는다. 무엇보다 카메라에 저장된 수백 장의 여행 사진을 잃어버린 것 같아 걱정이다. 혹시나 하여 호텔 로비 등 다녔던 동선을 다시 찾아보았으나 헛수고다. 호텔 분실물 센터에 신고를 마치고 서둘러 일행이 기다리고 있는 버스 주차장에 도착하니 마지막 손님으로 나를 기다리던 인솔자가 버스문 앞에 서 있다. 카메라 분실 사고가 있어 늦어 미안하다고 말하자 인솔자가 빙그레 웃으며 "여기, 이 카메라 맞지요?" 하며 그의 손에 있는 카메라를 나에게 건네준다. 순간 믿어지지 않았다. 어찌된 일인가. 호텔에서 카메라를 찾아 준 일행 중 한 사람의 이야기다.

"내가 호텔 화장실에서 나오려는데 눈앞 선반에 작은 카메라 한 대가 보이지 않겠어요. 순간, 혹시 우리 일행 중 누가 잊고 간 물건이 아닐까 하는 예감이 들었지요. 카메라를 열어 저장된 사진 필름

동심

을 보니 바로 우리 일행들의 모습들이 보였지요. 그래서 가져왔지요." 한다.

여행길에서 만난 사람의 지혜와 배려가 고마웠다. 감사의 인사를 하고 나니 하늘이 도와준 일이었다. 세상의 도움 없이는 한시도 살아갈 수 없는 나 자신을 다시 보게 된다. 그날 분실 위기를 넘긴 카메라는 지금도 소중히 사용하고 있다. 카메라는 이제 케이스도 낡아 고물이 되었지만 새 것으로 바꿀 생각은 없다. 오래 쓰다 보니 물건에도 정이 드는 모양이다.

나는 여행길 사진을 찍을 때 무엇을 사진에 담을까 깊이 생각하지 않는 다. 직감적으로 느낌이 와 닿으면, 길이고 사람이고 그때그때 세상 모습을 카메라에 담는다. 요즘 집에서는 손주들의 재롱 부리는 모습을 자주 담는다. 오래 전에는 자연의 원경을 주로 사진에 담았으나 지금은 대상 가까이 접근하여 인물 표정이나 피사체의 질감과 음영의 콘트라스를 담곤 한다. 역광에 드러난 사람의 뒷모습과 텅 빈 운동장 그리고 수면의 물 그림자가 만들어낸 여백의 고요 담기를 좋아한다. 여행 중 우연히 역광에 담은 반 고흐의 얼굴 조각상은 그 신비감으로, 어떤 초월적 세계를 느끼게 한다.

요즘 내가 카메라에 담고 있는 대상은 주로 단순한 대상이다. 어린이의 얼굴표정이나 설경의 고요 담기를 좋아한다. 주제를 살리기 위해 대상 가까이 포착하는 사진이 좋아졌다. 근래 내가 찍은 사진을 보며 나 자신이 변하고 있음을 느낄 때가 있다. "내가 보는 것이 나다(I am what I see.)"라는 말처럼 자신이 카메라에 담는 대상은 결국 나를 담는 일이라고 생각된다.

미국의 전설적 테니스 선수로 그랜드 슬램을 10여 차례나 우승하여 '전미 여성 명예의 전당'에 오른 빌리 진 킹Bille Jean king은 흥미로운 말을 남겼다. "별을 봤어야 별이 되지(You have to see it to be it.)" 이 말은 내가 자주 보는 대상의 느낌이 결국 나를 형성하게 된다는 말로 들린다. 신현림 시인은 이렇게 노래했다. "바다를 보면 바다를 닮고/ 나무를 보면 나무를 닮고/ 모두 자신이 바라보는 걸 닮아간다." 세상 아름다움을 사진에 담는 일은 결국 자신을 아름답게 가꾸는 일임을 생각한다.

지난해 KBS TV에 방영된 '세계의 명가' 프로그램에서 141년의 역사를 가진 일본의 사진 명가 우치다 사진관이 소개되었다. 1871년에 창업한 우치다 사진관은 오사카에 본점을 두고 전국에 분점이 있는 사진 명가로 주로 결혼사진과 인물 사진을 취급하고 있었다. 한 세기 반의 긴 세월에도 명성을 유지할 수 있었던 비결의 하나는 한 장의 완벽한 사진을 얻기 위해 고객이 만족할 때까지 사진을 찍어 준다는 것이었다. 그날 방영된 사진 명가 프로그램에서 가장 인상적인 말은 "완벽한 인물 사진은 사람 안의 '나'를 찾아 주는

역광에 드러난 반 고흐의 얼굴 조각상

사진"이라는 말이다. 내 안의 '나'를 찾아 준 사진이 가장 아름다운 나를 보여 준 사진이라는 말이다.

지난 가을, 내 생일 기념으로 온 가족이 여의도의 한 사진관에서 가족사진을 찍게 되었다. 사진관 주인이 "특별히 원하는 사진이 있으신지요?" 묻기에 "가급적 연출이 적은 가족사진이 좋겠습니다." 대답하였다. 연출 없이 자유롭게 찍은 가족사진이 우리 가족의 참모습일 것 같아서 한 말이었다.

얼마 전 샘터사의 사진작가 한영희 님이 '얼굴박물관' 행사에서 카메라에 담은 우리 부부의 사진을 보내 왔다. 뜻밖의 사진이었다. 우리가 전혀 의식하지 못한 상태에서 편하게 웃고 있는 우리 부부의 자연스런 모습을 담은 사진이었다. 우리 부부의 참모습을 찾아 준 사진 같아서 소중한 사진이 되었다.

좁은 얼굴은
무한히 넓고
신비한 공간

__아내의 얼굴에서 나를 본다

이 문은 최가네 철물점 주인 최홍규 님이 만든 문이다. 이 문을 들어서면 옛사람이 만든 옛사람들, 그러니까 옛사람들이 당신을 기다리고 있다. 시공을 넘어서 표정을 주고받고 싶은 사람, 멋대로의 자유로운 대화를 즐기고 싶은 사람은 문 잡고 딴 세상으로 태어나듯 들어오시오.

경기도 광주시 남종면 분원리 남한강변 양지바른 언덕에 들어선 '얼굴박물관' 입구에 씌어진 글이다. 박물관은 연극 연출가이며 대한민국 예술원 회장인 김정옥 선생님이 지난 40여 년 간 수집해 온 우리의 옛 사람들이 만든 석인, 목각 인형, 도자기 등과 사람의 얼굴을 본뜬 와당 등을 한자리에 모아 만든 '사람의 공간'이다. 박물

석인, 얼굴박물관

관에는 관석헌이라는 한옥이 남향받이 언덕에 들어서 있는데 백두산 소나무로 지은 이 한옥은 시인 김영랑의 고향이자 고려청자로 유명한 전라도 강진에서 누마루가 있고 시원한 대청이 있는 한옥을 그대로 이곳에 옮겨온 것이다.

얼굴박물관에 도착하면 입구에서 녹회색 돌철문이 방문객을 맞는다. 무거운 문을 손으로 천천히 밀어내는 묵직한 느낌은 바쁘게 살아온 사람들에게 잠시 멈추어 차분한 마음을 갖게 한다. 천년 세월이 농축된 공간으로 들어가 옛 석인의 얼굴에서 자신의 원형을 만나는 시간이기에 문의 움직임이 천년 강물의 흐름처럼 유유하다. 문을 들어서면 마당의 석인들이 어린이의 표정으로, 자비로운 표정으로, 어떤 때는 근엄한 표정으로 방문객을 맞는다.

오래 전부터 이곳을 찾다 보니 이제는 계절 따라 석인의 표정이 다르게 느껴지고 하루에도 빛에 따라 돌의 색감이나 질감도 수시로 변하니 그 변화무쌍한 신비감에 놀라기도 한다. 석인은 보는 시각에 따라서도 그 느낌을 달리한다. 정면에서 본 석인의 응결된 얼굴표정은 무한의 이야기를 들려주고 반 역광으로 드러나는 보살상 모습에서는 고요한 자비의 기운이 나를 감싸는 듯하다. 그런가 하면 봄날 마당에 서 있는 석인들의 얼굴에는 배꽃 향기가 배어 있고, 눈 내리는 날이면 흰 눈을 머리에 인 석인들이 얼굴 마당에 하늘의 복을 제일 먼저 가져오는 듯하다.

박물관에서 만나는 옛 석인들의 표정엔 유머러스하고 해학적인 웃음이 감돌고 어떤 때는 모던한 아름다움도 숨어 있다. 문관석, 무관석, 동자석, 장승, 벅수, 양마석 등 석인들이 보여 주는 얼굴 표정은 얼마나 순박하고 익살스러운지 글로 다 표현하기 어렵다. 고려, 조선시대에 걸친 동자석 벅수와 장승의 얼굴은 꾸밈없는 투박한 표정이지만 단순하고 소박한 모습이 원래의 우리들 모습을 보여 준다.

어떤 날은, 돌사람 앞에서 이를 조각했던 옛 석공들의 몸과 손동작, 그리고 돌소리를 상상해 보기도 한다. 석인 조각 작업에 몰입하고 있는 석공의 모습이 홀연히 무아의 모습으로 다가올 때가 있다. 무아에서 탄생한 석인의 모습, 그것은 아마 석공 자신의 '원형의 모습'이 아닐까 싶었다.

석인들의 얼굴에서 오늘을 사는 사람들의 얼굴을 보기도 한다. 사람의 얼굴은 각자가 살아온 삶을 담고 있다. 아니 삶 이전의 인연도 담고 있는 것이 얼굴이 아닌가 싶다. 대대로 이어오는 조상들과의 인연은 물론 세상 희로애락을 겪어 온 '내 안의 나'를 무의식중에 드러내는 공간이 얼굴이 아닌가 싶다. "얼굴은 좁은 공간이면서 동시에 무한히 넓은 공간이다."라는 김정옥 선생님 말씀이 마음에 와 닿는다. 사람들 표정 가운데 자기 자신을 사랑하는 삶을 살아온 사람의 표정은 여유롭고 평화롭다. 세상을 향한 사랑이 살아 숨쉬고 있다.

언젠가, 출판사 '샘터'의 김성구 사장이 두툼한 책 한 권을 보내왔다. 『위즈덤Wisdom』이라는 인물 사진의 지혜서 책자였다. 책은 영화감독 앤드루 저커먼Andrew Zuckerman이 세계 저명 작가, 디자이너, 배우, 음악가, 종교지도자들의 삶의 지혜와 얼굴 사진을 담고 있었다. 그들이 말하는 행복한 삶의 지혜는 '나는 나 자신되어야 한다'는 것 그리고 '지금 여기'의 삶을 온전히 살아야 한다는 단순한 가르침이었다. 자신을 사랑하는 삶을 치열하게 살아온 사람들, 그들의 얼굴은 순수한 눈빛에 단순한 표정이었다. 선한 표정에 열정이 살아 숨쉬고 있었다. 그들이 남긴 짧은 한마디도 삶의 소중한 멘토로 들렸다.

예술에서든 인생에서든, 자기 느낌에 충분히 확신이 선다면 그걸로 된 겁니다. 증명할 건 하나도 없어요. 나는 그냥 '나'이면 그만입니다.

If a person is confident enough in the way they feel, whether it's an art form or whether it's just in life, it comes off— you don't have anything to prove; you can just be what you are. —Clint Eastwood

지금 여기, 어디에 있든 내 자리를 지키라.

Be here. Be present. Wherever you are, be there. —Wille Nelson

『위즈덤』의 대화록 가운데 "어린이들이 세상을 변화시킬 수 있지요."라고 말하는 제인 구달Jane Goodall의 얼굴 표정은 맑고 순수하고 선해 보였다. 어린이들의 순순한 마음으로 일을 하면 어른의 얼굴도 어린이를 닮아 가는 것 같다. "사람이 달성할 수 있는 가장 위대한 일은 순수한 마음에서 나옵니다."라는 독일의 영성가(에크하르트Meister Eckhart)의 말이 여운을 남긴다.

전후 영국 최고 배우 중의 한 사람으로 토니상과 골든 글로브상, 아카데미상 등을 수상했던 올해 78세인 원로 배우 주디 덴치Judi Dench의 얼굴 표정에는 맑고 온화하면서도 조용한 열정이 넘쳐 보인다. 한평생 자기실현을 위해 치열하게 살아온 노배우의 겸손과 지혜가 녹아 있는 말이 구도자의 말처럼 내 마음에 여운을 남긴다.

나이가 들수록 멍청해져서, 지혜란 게 뭔지 모르겠어요.
I get sillier as I get older, so I don't know what wisdom means.

나는 지금도 끊임없이 배우는 느낌이에요. 지난 50년 동안 내가 해온 사소한 일 하나하나, 쉽게 한 연극은 한 편도, 정말이지 하나도 없어요.
I feel that I am constantly learning, in even single thing I've ever done. I've never, ever, in fifty-one years, done play

that has come easy to me.

지난해 얼굴박물관 마당에서 추석 보름달 부부 '달맞이' 행사가 있었다. 시와 노래를 좋아하는 부부들이 자리를 함께한 날, 박물관 뒷마당에 참나무 모닥불을 피웠다. 앞산에 떠오르는 보름달을 마중하며 남한강변에서 모두가 함께 부른 동요는 어린 시절의 노래였다. 마침 앞산 하늘이 밝아지며 보름달이 산마루로 조심조심 얼굴을 내미니 동심으로 돌아간 어른들의 표정은 모두 어린이가 되었다. 어린 날의 '나'로 돌아간 부부들의 얼굴을 보면서 이런 생각을 해보았다.

삶을 같이 해 온 부부의 얼굴은 신비하지 않은가. 아내 얼굴에서 남편을 보고 남편 얼굴에서 아내를 보는 것이 아닌가. 관계 속의 사람은 자기 자신의 얼굴뿐만 아니라 같이 사는 사람의 얼굴에도 응분의 책임을 져야 하지 않을까 싶다. 그날 밤, 남한강을 따라 집으로 돌아오는 길, 아내의 얼굴에서 부족한 삶을 살아온 나 자신을 보게 되니, 환한 보름달이 '아름다운 아내 얼굴은 남편 사랑의 선물'이라고 내게 말해 준다.

그대 앞에만 서면
나는 왜
작아지는가

__자신을 사는 평범한 삶이 비범한 삶

Q형!

계절의 흐름이 덧없이 빠르군요. 돌담 아래 성깃성깃 자란 오죽
烏竹 사이로 아랫집 마당의 흰 목련이 화사하더니 벌써 초여름, 이
제 앞마당에는 연보랏빛 붓꽃이 한창입니다. 문향聞香을 즐기는 형
을 생각하며 오늘 이 글을 씁니다.

어디서나 노래 부르기를 좋아하는 Q형. 저도 요즈음 우리 가요
가 좋아졌습니다. 정감 있는 멜로디에 노래의 가사가 마음에 와 닿
는 김수희의 '애모'도 좋아하는 노래가 되었지요.

'애모'의 한 소절 "그대 앞에만 서면 나는 왜 작아지는가"를 들으
며 가끔 이런 질문을 해봅니다. "지금 나에게 그대는 누구입니까?"

나이 들어 주책없는 이야기 같습니다만 '야들야들하고 투명한 살결에 볼륨감 넘치는 탱탱한 가슴, 윤기 나고 부드러운 생머릿결, 그리고 매혹적인 곡선의 가는 허리에 온몸으로 싱싱함을 발산하는 청신한 여인의 아름다움.' 그 앞에 서면 나도 모르게 설레면서 눈부신 아름다움에 자신이 작아지는 것을 느끼지요. 그런가 하면 이미 미수를 넘긴 세월에 지금도 통영의 미륵산 자락 푸른 바다가 보이는 화실에서 구상과 추상을 넘나들며 자기만의 조형 세계를 열어가는 진정한 예술혼의 화가 전혁림, 그의 작품 앞에 서면 그 열정과 비범함에 저절로 자신이 작아짐을 느끼지요.

세상 사람들은 행복에 대해 이야기할 때 주변사람들의 성공을 부러워하지요. 그래서 역경에서도 자기 일에 큰 성취를 이루어 복된 삶을 살아가는 비범한 사람을 만나면 이들 앞에서 자신도 모르게 작아질 때가 있지요. 그렇지만 이렇게 작아지기도 하면서 더 열심히 살아가게 되는 것이 우리의 삶이기도 하지요.

얼마 전 경기도 남한강변의 '얼굴박물관' 전시회에 참석했을 때 아주 차분하고 조용한 분위기로 사람들에게 다가오는 여인이 있었습니다. 단아한 자세에 소박한 차림의 70대 후반의 여인. 그분의 밝게 늙어가는 모습에 편안함과 여유로움이 말없는 가운데서도 주위 사람들을 압도하는 듯했습니다. 나중에 알게 된 사실입니다만 이분은 시를 좋아하는 재불 화가인 방혜자 선생님이었습니다. 그

후『대화』라는 책에서 그분의 삶에 대해서 조금 알게 되었지요. 젊은 시절 좋아하는 남성과 결혼하면서 부모님의 반대로 마음고생이 많았고 훗날 열심히 공부한 딸이 프랑스에서 불문학을 전공하여 박사학위를 받았을 때 부모는 기쁜 마음에 딸이 대학 교수가 되기를 바랐으나, 딸은 부모의 바람과는 달리 모든 것을 정리하고 산골 마을에 들어가 어린이를 위한 승마수련장을 운영하고 있지요. 지금 딸은 자연 생태 보존에도 깊은 관심을 가지고 열심히 살고 있지만 부모 입장에서 이를 선뜻 받아들이기가 쉽지 않았으리라 생각됩니다.

이분은『대화』에서 이렇게 말하고 있습니다. "이제 나의 삶을 조용히 받아들이니 정말 편안하고 평화롭습니다." 자기의 삶을 받아들이는 것은 참된 자아를 찾아가는 삶의 지혜가 아닌지 잠시 생각해 봅니다.

세계적인 영성심리학자 로버트 윅스Robert J. Wicks는 그의 저서『일상 안에서의 거룩함』에서 '평범성의 가치'에 대해 이렇게 말하고 있습니다. "사람의 평범성은 자기 자신을 있는 그대로 받아들이는 것, 자기 자신을 편안하게 대해 주는 것이다. 즉 평범성은 그저 자기 자신이 되는 것이다."

세상을 살아오며 남의 평판에 민감했던 사람이 나 자신으로 돌아와 '나를 산다'는 것이 결코 쉬운 일이 아니지요. 그러고 보니 새삼 평범해지는 것이 비범해지는 것 못지않게 어려운 일인지도 모르겠습니다.

윅스는 참 행복을 위해 우리가 자기 자신을 받아들이는 '평범성으로 돌아가는 것'이 절대적으로 필요하다고 말하고 있습니다. 이를 위해 그는 우리들에게 '매우 단순한 습관'을 권유합니다.

즉 날마다 침묵과 고요에 머무르는 습관을 가질 것을 권유합니다. 번잡한 세상에서 '마음의 쉼'을 가져다주는 침묵은 우리에게 무의식의 정화를 통해 놀라운 내적 치유력으로 긍정성과 참 편안함을 가져다주기 때문이지요.

여기 저의 부족한 경험입니다만 시를 좋아하는 한 선배의 권유로 침묵 수련 프로그램에 참여하면서 매일 아침과 저녁, 침묵과 고요에 머무는 시간을 갖게 되었습니다. 지금까지 바깥세상을 바라보며 살아온 사람이 침묵의 시간을 갖게 되면서 나 자신을 자주 바라보기 시작했지요. 여기서 나를 조금씩 받아들이는 자신을 발견하였습니다. 세상의 누구에게도 드러내고 싶지 않은 나 자신의 부족하고 부끄러운 점—나약성, 허세, 과장, 이중성, 거짓 겸손—에 대해서도 솔직해지고 이 허물들도 나의 모습으로 그대로 받아들이기 시작했습니다.

받아들임은 내적 정화와 치유의 시작이지요. 이제 조금은 더 편안해지고 여유로워짐을 느끼게 됩니다. 나의 허물에서 남들에 대한 이해가 조금은 더 넓어지니 사람과의 관계가 더 자유로워짐을 느낍니다. 일상에서 세상과 사람이 새로움으로 다가오며 평범한 일에서도 기대하지 않았던 작은 기쁨들을 만나게 되지요. 그리고 무엇보다 우리는 침묵에서 '참 소중한 나'를 만나며 '자존감'과 '자기 사랑'의 힘을 얻게 되지요.

윅스는 "이 세상에서 자기사랑보다 더 큰 축복은 없다."고 했습니다. 진정 자기를 사랑할 수 있는 사람은 이 세상을 사랑하지 않고서는 살아갈 수 없기 때문이지요.

Q형!
저에게 다시 묻고 싶습니다.
"그대 앞에만 서면 작아지는 나, 정녕 그대는 누구입니까?"
"바로 평범한 당신입니다."

형은 조영남의 노래 '인생은 미완성'을 좋아하시지요?
요즈음 저도 이 노래를 좋아하게 되었습니다.
내년 봄에도 형과 함께 남도여행을 하며
매화꽃 피는 섬진강변에서 이 노래를 같이 부르고 싶습니다.

텅 빔은
그리움과
치유의 공간

_나를 채워 준 텅 빈 운동장

    지난 해 용인 수지 동네에 이사를 와, 새로 얻은 즐거움의 하나는 매일 아파트 뒷산 솔숲길을 걷는 일이다. 숲길 언덕을 오르다 보면 초입 오른편에 성복중학교 운동장이 보이고 연이어 다시 고등학교 운동장이 훤히 내려다보인다.

    아침마다 길을 오르다 보면 운동장에서 들려오는 학생들의 해맑은 웃음소리, 뛰노는 소리, 재잘거리는 소리가 멀리 가까이 들리는데 이 소리들이 나의 마음을 풋풋하게 한다. 아침 운동장의 해맑은 목소리들은 숲의 새소리와 어울려 어떤 날은 아침 햇살에 삶의 찬미가로 들리기도 한다. 학교 언덕길은 등교하는 학생들로 부산하

지만 경쾌한 모습에 생동감이 넘친다. 가랑비 오는 아침이면 등굣 길은 우산을 받쳐 들고 걸어가는 학생들의 모습으로 마치 영화 '쉘 브르의 우산'에 나오는 장면처럼 한 편의 아름다운 그림이 된다.

날마다 산책길 언덕을 걷다 보면 아침 운동장은 어린이들의 경 쾌한 소리들로 생동감이 넘치지만 산 그림자가 땅에 내리는 해질 녘이면 텅 빈 운동장만 남는다. 텅 빈 운동장을 무심히 내려다보고 있으면 어린 시절의 추억이 그리움으로 다가온다. 어느 초겨울 고 향마을 학교 운동장에서 멀리 보이는 무등산 정상에 첫눈이 내렸 다. 그날 마당에서 김장을 담그시던 어머님이 학교에서 돌아온 나 에게 김칫소 한 가닥에 깨를 묻혀 주셨다. 집 마당에 서서 입에 넣 었던 어머님의 그 김치 맛을 지금도 잊을 수 없다. 이른 봄날, 주말 이면 학교 운동장에서 아버지와 야구 공놀이를 하며 공받기에 겁 먹었던 나, 그리고 두발자전거 타기를 처음 가르쳐 주신 아버지의 모습이 눈앞에 선해진다.

초등학교 4학년 마지막 수업이 끝나고 겨울 방학이 시작되는 날 이었다. 담임선생님께서 갑자기 부르셨다. "네가 학교에서 가까운 곳에 살고 있으니 겨울 방학 동안 학교 사육장의 거위와 오리를 보 살펴 주면 좋겠는데…. 어때, 할 수 있겠지?" 이렇게 해서 한겨울 아침이면 학교에 나가 운동장 남쪽 끝 울안에 있는 거위와 오리에 게 먹이를 주는 것이 중요한 방학 일과가 됐다. 처음에는 거위가 나를 피하더니 먹이를 주기 시작하니 먼데서도 나를 보고 꽥꽥 울어대는 모습이 귀여웠다. 그렇지만 눈이 많이 내리거나 날이 추워 배합 사료에 이용할 연못물이 얼어붙으면 오리와 거위 밥을 만들기가 쉽지 않았다. 또 눈이 많이 내린 날이면 우선 운동장 초입에서부터 남쪽 끝 사육장까지 눈을 쓸어 길을 내야 했으며, 특히 매섭게 추운 날이면 얼어붙은 연못의 얼음을 깬 다음 주걱으로 물을 떠서 쌀겨밥을 만들어야만 했다.

추운 겨울날 매일 아침 거위에게 밥을 주는 일이 그렇게 쉽지는 않으나 한 달 동안 날마다 거위와 오리를 만나다 보니 이들에게 꽤나 정이 들었다. 방학이 끝나고 학교가 다시 시작된 뒤에도 운동장에서 멀리 거위의 꽥꽥거리는 소리가 들릴 때면 나도 모르게 사육장으로 달려가 보곤 했다.

초등학교를 졸업하던 날, 받아든 학교 교지 『병아리』에 2년 전 겨울 방학 동안 거위를 돌보았던 '한 졸업생의 이야기'가 실려 있었다. 4학년 때 담임선생님이셨던 이해근 선생님께서 쓰신 글이었다. 세상이 꽁꽁 얼어붙은 추운 겨울날 혼자 눈을 치우고 거위밥에 쓸 물을 얻기 위해 두 손을 호호 불어가며 얼음을 깨는 어린 학생의 모습을 생생하게 남기신 것이다. 지금도 선생님께서 그때 글로 남겨 주신 격려의 말씀에 깊이 감사하며 내 삶에 큰 힘이 되어 주신 선생님 말씀을 소중히 간직하고 있다.

57년 전 발행된 시골학교 교지 『병아리』, 지금은 오래되고 빛이 바래고 종이가 다 해어져 글씨를 알아보기조차 힘들지만 어머님께서 집 마당에 노란 수선이 화사하게 핀 봄날, 선종하실 때까지 이 교지를 소중하게 보관하고 계셨다. 빛바랜 교지를 보니 어머님이 사무치게 그리워 뵙고 싶다. 세상이 바뀌고 자식들이 장성해 곁을 멀리 떠나가도 어머니의 자식 사랑은 꺼지지 않는 꽃등불이 되어 지금도 우리를 비춰 주시고 계신 것 같다. 아무리 세월이 흘러도 본향의 부모님은 내 마음에 영원한 그리움으로 남아있다.

또 다른 어린 시절의 추억이 있다. 고향집 바로 길 건너 여자고등학교가 있었는데 학교 담 둘레는 포플러나무만 서 있어 집에서도 운동장이 훤히 들여다보였다. 어느 해 여름 비오는 날, 오후로 기억된다. 학교 운동장 스피커에서 경쾌한 음악소리가 들렸다. 호기심에 밖을 내다보니 빗속에 한 남자가 음악 선율에 맞추어 텅 빈 운동장에서 홀로 춤을 추고 있는 모습이 보이지 않는가. 당시 중학생이었던 나에게는 처음 보는 전경이었다. 나중에 알게 되었지만 그날 빗속에 춤을 춘 사람은 당시 광주여자고등학교의 무용 교사 정병호 선생님이셨다. 그분은 후에 중앙대학교 무용학과 교수로 자리를 옮겨 한국전통문화유산을 발굴 계승한 공로로 옥관문화훈장을 받는 등 무용계의 원로가 되셨다. 어린 시절 나에게는 비를 맞으며 혼자 운동장에서 춤을 추는 사람의 모습이 생경한 것이었지만 지금 와서 생각하면 한 무용가의 열정과 아름다움으로 반추되기도 한다. 빗속 텅 빈 운동장에서 혼자 춤을 추는 시간은 음악 선율에 스스로 도취하여 무아의 경지에 온전히 자기 자신을 맡긴 시간이었다. 당신 원형의 아름다움을 몸의 율동으로 드러낸 환희와 지복의 시간이 아니었을까 싶다. 잠시 어린 시절 빗속의 교수님 춤을 반추하니 불현듯 '원형의 나'란 무엇일까? 묻게 된다. 언어로 표현할 수 없는 순수 무한의 세계가 아닌가 싶다. 환한 목소리처럼 손에 잡히지 않는 것, 그러면서도 항상 그리워지는 것, 내 마음 깊은 곳, 늘 돌아가고 싶은 본향의 세계다.

오늘 아침도 텅 빈 운동장을 돌아 산책길을 천천히 오른다. 아침 햇살에 등굣길 학교 운동장에서 들려오는 피아노곡의 맑은 선율이 경쾌하다. 학교 건물벽에 그려진 대형 바다풍경 그림이 눈에 들어온다. 파도가 순하게 율동하는 바다에 흰 돛단배가 파도를 타고 있는데 하늘에는 갈매기들이 춤을 추고 있는 전경이다. 음악의 선율과 어우러지니 그 언젠가 남해 보길도에서 배를 타고 바다에 나가던 나의 옛 모습이 연상된다. 텅 빈 운동장은 나에게 그리움의 공간이고 본향의 공간이다.

해질녘
한 어린이를 위한
기도

_"엄마 아빠가 자꾸 싸워요."

　　　　　　.

　서울 서초동에 살던 시절, 집 앞 우면산을 자주 다녔다. 같은 산길을 오르지만 계절 따라 산행의 맛이 다르다. 봄날이면 신록의 산길이 경이롭고 산 정상에는 아까시의 향기가 가득하다. 여름철이면 키 큰 참나무들이 만들어 주는 정상의 그늘 쉼터에 앉아 멀리 북한산을 바라보면 동서로 흐르는 한강의 물줄기가 그지없이 유유하게 보인다.

　가을날 저녁에는 아무도 없는 정상에서 나무의자에 팔베개를 베고 누워 혼자 하늘을 바라보는 즐거움이 있다. 정상 소망탑 주위에는 나무의자들이 있어 쉼터로는 안성맞춤이다. 광활한 창공을 보

하늘 물그림자를 담은 징검다리

고 있으면 마음이 환해진다. 가을하늘을 보고 있으면 황갈색 잎들의 흔들림에 서걱이는 맑은 소리가 마음을 청정하게 해준다. 어느 날은 까치 두 마리가 울어대며 나뭇가지에 집을 짓느라 부지런히 들락날락한다. 큰 바람에 가지가 흔들리는데도 까치들은 가지들을 부지런히 나르기만 한다. 까치들은 바람이 강하게 부는 날 집을 짓는다고 한다. 모진 바람에도 견딜 수 있는 집을 짓기 위해서라니 동물의 생존력은 놀랍고 신비하기만 하다.

한 번은 쉼터 나무의자에 누워 있는데 나뭇가지 사이로 흰 반달이 보인다. 동요 가사에 나오는 '낮에 나온 반달'이다. 어린 시절 동요를 혼자 흥얼거리기도 한다. 초저녁, 해가 서산에 잠기면 하늘색은 분홍빛이 가시고 청보랏빛을 띠기 시작한다. 누워서 바라보는 초저녁 하늘, 창공에 별빛 하나가 서서히 나에게 다가온다. 어린 시절 친구 같은 별빛이다. 그만 별빛과 함께 뒹굴고 싶다.

한 번은 여름날 초저녁, 그날도 혼자서 우면산 정상 소망탑에 올랐다. 이미 엷은 보랏빛 어둠이 내린 쉼터에는 아무도 보이지 않았다. 한쪽 빈 터에 한 어린 남학생이 혼자 체조를 하고 모습이 보인다. 웬 어린아이가 늦은 시간에 혼자 산에 올라왔을까 궁금하여 다가가 말을 건네고 싶었다.

"늦은 시간, 산에 왔구나." 조용히 말을 건넸다.

"……."

낯선 사람을 경계라도 하듯 묵묵부답이다. 냉담한 태도다.

정상 쉼터 의자에서 잠시 쉬다가 서둘러 산을 내려오는데 조금 전 정상에서 보았던 어린아이가 앞길을 내려가고 있었다. 옆을 그냥 스쳐 지나가려다가 아무도 없는 둘만의 길이기에 다시 말을 건네 보았다.

"얘야, 산에 자주 오니?"

"아니요." 짧게 대답한다.

"몇 학년이니?"

"5학년이요."

"이제 학교 친구들도 많겠구나?"

"네."

"담임선생님은 어떤 분이시니?"

"여자 선생님이어요."

"선생님 얼굴은 예쁘시니?"

"모르겠어요."

"선생님 마음씨는?"

"좋아요."

이렇게 학교 선생님 이야기로 말문을 트니 아이는 친구들 이야기를 시작한다. 어떤 친구는 용돈을 많이 가지고 다니고 다른 친구는 인기가 있다느니 친구들 이름까지 대며 서슴없이 이야기를 이어간다.

이렇게 서로 이야기를 이어가다 문득 아이가 좋아하는 것이 무엇일까 궁금해졌다. 어린이에게 물었다.

"너, 강아지 혹시 좋아하니?"
"네."
"그럼 집에 강아지 있겠구나."
"네, 있었어요. 그런데 며칠 전 집을 나갔어요."
"저런…."
"대문이 조금 열려 있어 도망갔어요."
"지금도 보고 싶겠구나?"
"네, 그래요!"

다른 화제로 대화를 이어갔다.

"너 꽃도 좋아하니?"
"네."
"집에 꽃 화분도 있겠구나."
"네."
"꽃에 물을 누가 주니?"

"어머니가요."

"그럼 너도 꽃에 물을 주니?"

"몇 번 있어요."

"물 주기가 어렵지 않니?"

"아니요. 기분이 좋아요."

어린이와 편하게 이야기를 주고받다가 잠시 침묵이 흘렀다.
이때 어린이의 입에서 뜻밖의 말이 튀어나왔다.

"아빠, 엄마가 집에서 자꾸 싸워요."

"…… 자주 그러시니?"

"네. 그러세요."

"무슨 일로 그러시니?"

"어머니가 아버지 말을 잘 안 듣는다고 싸우세요."

"……."

아이에게 어떤 말도 할 수가 없었다.
둘 사이에 잠시 침묵이 흘렀다.

"어려운 일이 생기면 어른들은 다 그렇게 되는 것 같아. 할아버지도 집에서 할머니와 말다툼을 자주 하지. 그런데 조금 지나고 나면 할머니가 다시 좋아지는 것 같아."

아이는 말없이 듣고만 있었다.

"아버지, 어머니가 다투지 않는 집은 거의 없을 거야."
다시 위로의 말을 건넸다.
"……."

초저녁 연보랏빛 어둠에 둘 사이 다시 침묵이 흐른다.

산길에서 처음 만난 사람에게 부끄러운 집안일을 이야기하는 아이의 마음이 외롭게 느껴졌다. 산 아래서 서로 헤어질 때가 되었다. 무심결에 아이의 어깨에 손을 얹었다.

"너, 운동 열심히 하는 걸 보니 착한 어린이야. 건강하고 공부도 잘할 거라 믿어!"

"잘해! 너를 믿어!"하며 헤어지려 하는데 아이가 고개를 들어 잠시 내 눈을 빤히 쳐다본다. 맑은 시선이다.

"안녕히 가세요!" 깊은 절을 하며 얼른 길을 건너 사라진다. 시야에서 멀어지는 아이의 뒷모습을 바라보며 선하고 건강한 어린이로 커가기를 빌었다. 집으로 돌아오는 길, 서산마루 별빛 하나 초롱초롱하다.

세상을 넓혀 준
손자의
생일 케이크

오늘은 손자의 생일이다. 이른 아침, 창문을 여니 신선한 공기에 단풍 향기가 배어 있다. 오늘 따라 아침 햇살에 단풍이 유난히 곱다. 단풍나무들이 늦가을 농익은 진홍빛으로 계절의 끝자락을 장식하고 있다. 단풍색이 진홍에서 적갈색 분홍색 황갈색에 이르기까지 다양한데 나무의 높낮이에 따라서도 색채를 오묘히 달리하고 있다. 단풍색의 선연한 아름다움은 이렇게 다양한 색채들이 서로 배경이 되고 어우러져 하나의 환상적인 색채 공간을 사람들에게 선사하고 있다.

단풍은 색깔만 고운 것이 아니다. 가을을 타고 잎이 떨어져 내리는 동선의 흐름도 그지없이 아름답다. 바람결에 날리는 단풍잎들을 잎의 모양새에 따라서 그리는 동선의 형태가 각양각색이다. 흔들리는 바람을 타고 내려오는 단풍잎들이 하늘에 그리는 수많은 동선의 흐름은 마치 무희들이 무아의 경지에서 보여 주는 춤의 율동이다. 단풍잎의 춤에는 해맑은 소리도 녹아 있다. 가을바람에 멀리 또는 귓전에 와 닿는 단풍잎의 소리에는 계절을 마감하는 아쉬움과 이별이 숨어 있다. 단풍잎의 서걱이는 맑은 소리를 듣고 있으면 눈과 마음이 맑아진다. 자연의 청정한 소리에 정화가 있다.

또 단풍잎은 땅위에 환상적인 모자이크 그림을 그려 준다. 단풍나무는 무거워진 단풍잎을 내려놓으면서 마지막으로 우리에게 무작위의 아름다운 그림을 선사하고 있다. 무작위의 아름다움이 참 아름다움이 아닌가.

내가 단풍에게 묻고 있다. '단풍아, 너는 어찌 이리도 고우냐?'. 단풍잎은 '순명과 자유로움'이라고 조용히 말한다. 사계의 고통과 아픔을 고스란히 견디어 낸 단풍나무의 순명이 이 가을에 새삼 고결하고 소중하게 다가왔다.

오늘따라 단풍의 아름다움이 손자생일을 축하하는 것 같다. 생일 축하를 위한 모임에 며느리가 만든 생일 축하 케이크가 탁자 위에 놓였다. 정성으로 만든 케이크다. 케이크 촛불 주위에 일곱 개

의 별을 만들어 예쁜 장식을 했다. 단풍 빛깔의 별 장식 하나하나
에 며느리가 정성으로 쓴 글귀들을 담았다.

 * 꿈을 갖고 살자
 * 긍정의 힘을 갖고 살자
 * 자기 자신을 사랑하며 살자
 * 작은 것에도 감사하며 살자
 * 믿고 의탁하는 삶을 살자
 * 건강한 몸과 마음으로 살자
 * 가족, 주변 사회를 소중히 생각하며 살자

 글귀 하나하나가 삶의 지향으로 다가왔다. 생일 축하 노래를 부
르며 아이가 선하고 건강한 어린이로 커가기를 빌었다. 그날 글귀
가운데 '주변 사회를 소중히 생각하며 살자'는 글귀를 보면서 이런
생각을 해보았다. 한 어린이가 건강한 어린이로 성장하기 위해서
는 주위에 건강한 친구들이 함께 있어야 하지 않을까.
 어린이 세계는 한 공동체다. 세상 어린이가 건강해야 내 손자 손
녀들도 건강히 커갈 수 있지 않는가. 엊그제 일간 신문 기사를 보
니 우리사회에 방치된 어린이 학생들이 28만 명이나 된다고 한다.
어른들의 무관심으로 주위에 상처받고 있는 어린이들이 너무 많았
다. 부끄러운 일이다. 이제라도 이들 어린이와 조금이라도 함께하
는 것이 할아버지의 작은 도리가 아닌가 싶었다. 불우 어린이를 돌

보는 한 어린이 집에 미소하지만 작은 후원자가 되기로 하였다. 케이크에 담은 며느리의 글귀 하나가 내 안에서 세상을 넓혀 준 것 같아 고마웠다. 모든 어린이들이 선하고 건강하게 자랄 수 있는 세상이 되었으면 좋겠다. 이기철 시인의 「아름답게 사는 길」에서 꿈을 키워갔으면 좋겠다.

아름답게 사는 길

이기철

그 작은 향내를 맡고
배추밭까지 날아온 가난한 나비처럼
보리밭 뒤에 피어난
철 이른 패랭이꽃처럼
여름밤 화톳불 가에서 듣던
별 형제 이야기처럼
개나리 꽃잎에도 눈부셔
마을 앞길을 쫓아가는
병아리처럼

어린이의 발걸음-마을 꽃길을 달려가는 병아리처럼

어두움은 결코
빛보다
어둡지 않다

__침묵이 가져다준 안복眼福

앞마당에 노란 수선이 피어오른 이른 봄, 청담동 이목화랑에서 수채화의 새로운 경지를 보여 준 정우범 화백의 작품 전시회가 있었다. 수채화의 단아하고 그윽한 맛에 서정성과 시적 감성이 어우러진 작품으로 선과 색조의 결합이 환상적이었다.

전시회에서 아름다운 '판타지아' 그림들을 감상하고 나오면서 방명록에 한 줄 관람 소감을 남겼다. "봄날, 안복을 누렸습니다." 이 글귀는 오늘 아름다운 그림을 보았으니 눈이 복을 누렸다는 의미다. 안복이란 세상의 아름답고 귀한 것을 보고 즐길 줄 아는 복을 말한다.

사람은 누구나 세상 안복을 누리게 마련이지만 개인의 취향과 관심에 따라 사람마다 그 내용을 달리할 것이다. 흔히들 세상은 경이로움이며 아름다움이라고 말한다. 바쁜 삶을 살아가는 사람에게 세상은 그 아름다움을 쉽게 보여주지 않지만 머물러 보아 주는 사람에게는 언제 어디서나 사소한 것에서도 아름다움을 보여 주는 것 같다. 머무름과 마음의 여백을 갖는 습관은 안복을 누릴 수 있는 좋은 습관이 아닌가 싶다. 여기 고은 선생의 시 '그 꽃'이 있다.

내려갈 때 보았네
올라갈 때 못 본
그 꽃

삶의 여유와 머무름에서 세상의 아름다움이 보인다는 것을 노래한 시가 아닌가 싶다. 이 시는 나에게 이렇게 다가왔다.

나이 들어 보았네
젊은 날 보지 못한
하늘

사람들은 흔히 나이 들어가며 단순함의 아름다움을 체득하게 되는 것 같다. 세월이 가져다주는 안복이 아닌가 싶다. 몇 해 전, 제주의 '물미술관'을 방문했을 때의 경험이다. 재일동포 건축가 이타미 준이 설계한 미술관 공간은 그림 한 점 없는 텅 빈 공간이었다. 실내의 천정은 큰 원형으로 뚫려 있고 바닥에는 맑은 물이 고여 있을 뿐이다. 고인 물 수면에는 하늘빛이 아른거리고 어디선가 청정한 물소리만 흐른다. 마음이 맑아지고 편안해진다. 아무 생각 없이 마냥 머물고 싶은 공간이다.

실내의 하늘 물빛에 한참을 머물다가 미술관 밖으로 나오니 홀연히 눈앞에 펼쳐지는 바다와 땅위의 모든 것이 새롭게 보인다. 눈과 마음이 맑아진 느낌이다. 단순한 공간은 정화의 공간이었다. 그리고 아름다움이었다. 단순한 공간뿐만 아니라 단순한 그림, 단순한 사람과 단순한 말이 좋아진다. 단순함이 아름다움으로 다가온다. 사람에게 단순함은 무엇인가? 그것은 아마 우리 원형의 모습이 아닐까 싶다. 원형에의 그리움을 지닌 인간에게 단순함은 항상 본향의 아름다움으로 다가 오는 것이 아닐까 싶다.

안복은 원래 세상 아름다움을 눈으로 보고 즐기는 일이지만 오감으로도 느끼고 누릴 수 있는 복이 아닌가 싶다. 남도 땅끝, 진도에 가면 고려 삼별초군의 진지였던 남도석성 앞에 아담한 쌍홍교가 놓여 있다. 편마암으로 지어진 작은 무지개 모양의 다리다. 세월의 향기가 배어 있는 편마암의 색채와 음영이 회화적이고 음악적이다. 봄날 다리 옆에 앉아 재잘거리는 개울물소리를 듣고 있노라면 홀연히 고향 전경이 눈앞에 아른거린다. 자연의 소리가 고향 풍경으로 다가오니 안복을 누리는 즐거움이 아닌가 싶다.

하늘과 물, 빛과 그림자의 공간-물미술관, 제주

서울 성북동 상지피정의 집, 산책길 언덕에 하늘을 찌를 듯한 미루나무들이 두 줄로 나란히 서 있다. 산책길을 거닐 때마다 어린 시절 동네 어귀에 우뚝 서 있던 미루나무 생각이 난다. 이른 아침, 수많은 까치들이 날아와 나뭇가지에 머물다 지나가는데 해질녘이면 다시 미루나무로 돌아와 가지에 앉아 있는 모습이 석양에 장관이었다. 성북동 미루나무 언덕길이 해질녘 고향마을 풍경으로 다가오니 이 또한 안복의 즐거움이다.

아일랜드의 시인 윌리엄 예이츠William Butler Yeats는 고향 '이니스프리의 호도(The Lake isle of Innisfree)'를 회상하며 이런 시어를 남겼다.

나 일어나 이제 가리, 밤이나 낮이나
호숫가에 철썩이는 낮은 물결소리 들리나니
한길 위에 서 있을 때나, 회색 포도 위에 서 있을 때면
내 마음속 깊이 그 물결소리 들리나니

바쁜 일상에서도 한적한 공간에 잠시 머물러 자연의 소리와 고향의 전경을 마음에 그려보는 일도 안복을 누리는 지혜가 아닌가 싶다.

몇 해 전, 지인 분들과 남한강변에 위치한 '얼굴박물관'을 방문할 기회가 있었다. 그날 처음 박물관을 방문한 사람들이 집 마당을 들어서며 모두들 감탄사로 박물관의 아름다움을 칭송하는데 동행중한 분인 패션계의 원로 노라노 선생님은 아무런 말씀이 없었다. 돌

마당을 지나 '관석헌' 마루에 앉으며 아름다운 한옥 마당을 한참 보더니 한마디 하신다. "이 집 주인은 얼마나 고생이 많았을꼬!" 세상 아름다움 뒤에 숨어 있는 아픔을 말한 것이다.

아픔 없는 아름다움이 어디 있겠는가. 그러기에 작가 최명희는 "어둠은 결코 빛보다 어둡지 않다."고 말했는지 모르겠다. 아름다움의 아픔을 안복으로 체득한 사람에게는 슬픔과 기쁨도 하나이고 빛과 어둠도 하나가 아닐까 싶었다. 노 선생님은 최근 한 방송에 출연하여 이런 말을 하였다. 사회자가 좋은 옷에 대해 묻자 "눈에 띄는 옷은 좋은 옷이 아닙니다. 눈에 보이지 않는 옷이 좋은 옷입니다." 자연스럽고 과장 없는 편안한 옷이 눈에 보이지 않는 듯해도 그런 옷이 사람을 살아나게 하는 아름다운 옷이라는 이야기로 들렸다. 안복의 지혜가 세상과 삶을 깊고 넉넉하게 해주는 것 같다.

오래 전, '위대한 침묵(Into Great Silence)'이라는 영화를 관람한 적이 있다. 2005년에 개봉된 이 영화는 해발 1300미터 알프스의 깊은 계곡에 자리 잡은 프랑스 그랑드 샤르트뢰즈La Grande Chartreuse 수도원에서 수행하는 카루투시안 수도사들의 일상생활을 담은 것이다. 영화는 필립 그로닝 감독이 1984년 처음 수도원에 촬영을 요청했으나 거부당하고 19년이 지나서야 다시 허가를 받아 6개월 동안 수도원에 머무르며 수도사들의 일상을 촬영한 영화다. 영화는 특별한 내레이션이나 인공조명이나 음향 효과를 넣지 않고 단지 수도 생활의 영상과 자연의 소리만으로 구성되어 있는 한마디로 침묵의 영화다. 2시간 반 가까이 방영된 영화는 침묵이 인간을 새로운 세상으로 이끌어낸다는 메시지를 담고 있다. 침묵 안에 머무르는 사람에게는 일상의 삶이 새로움과 경이로움으로 다가옴을 보여 준다. 봉쇄수도원에서 단순 생활을 반복하는 수사들이지만 그들은 "언어가 사라진 뒤에야 우리는 비로소 세상을 보기 시작했다."고 말한다. 침묵에는 무의식의 정화를 통해 세상과 사람을 새롭게 볼 수 있는—인식의 영역을 확장해 주는—놀라운 치유의 힘이 있음을 보여 주는 영화다.

나이 들어 침묵하는 작은 습관을 가졌음에 항상 감사한다. 침묵은 단순한 머무름이다. 침묵 안에 머물다 보면 세상과 사람이 새로움으로 다가온다. 세상이 내 안에서 넓어지는 것, 이것이 안복의 기쁨이고 축복이 아닌가 싶다. 살아오며 내가 자신에게 해준 가장 좋은 선물은 침묵이라고 말하고 싶다. 정희성의 시 「독경」이 침묵을 말한다.

일하고 돌아와
발 씻고
나를 마주해 앉다

빈 마음자리에 차오르는
빛!

'달팽이' 그림이
살아
숨쉰다

__여백의 삶이 향기롭다

지난봄 아내와 런던 템스 강변의 '테이트 모던 미술관Tate Modern Museum'을 찾았다. 2005년 개관한 미술관은 영국의 밀레니엄 프로젝트의 일환으로 템스 강변의 뱅크사이드Bankside 발전소 건물을 리모델링하여 만들어진 영국의 대표적인 현대미술관이다.

미술관은 붉은 벽돌에 직육면체의 웅장한 건물인데 지금도 원래 발전소에서 이용했던 99미터의 높은 굴뚝이 솟아 있다. 굴뚝면은 반투명 패널을 이용하여 밤이면 등대처럼 빛을 내도록 하여 오늘날 테이트 모던의 상징이 되고 있다. 미술관을 들어가 테라스에서 템스 강변을 바라보면 자작나무 정원 너머로 밀레니엄 다리가 이어지면서 강 건너 멀리 세인트 폴 성당이 보인다.

  미술관 입구에 들어서니 학생들이 한 비구상 그림 앞에 모여 미술 실습 지도를 받고 있었다. 3미터 가까운 정방형의 그림은 눈에 익은 그림이었다. 바로 현대 미술의 아버지 프랑스 화가 앙리 마티스가 그린 '달팽이' 그림이다. 이 그림을 내가 처음 본 것은 1982년 뉴욕에 머무를 때 휩스 애비뉴의 반스엔노블 서점에서 구입한 로버트 커밍Robert Cumming의 『위대한 예술가Great Artists』라는 도록 책자에서였다. 책에는 금세기 유명 화가들의 작품에 대한 해설과 감상 요령이 실려 있었다.

  작품 '달팽이'는 마티스가 그의 말년인 1953년 니스의 헤지나 호텔에서 제작한 작품으로 당시 그는 노환으로 더 이상 그림을 그릴 수 없게 되자 구아슈gauache라는 물감으로 채색한 색종이를 캔버스에 오려 붙여 만든 작품이다. 마티스는 색종이들을 여러 조형으로 잘라 이를 성큼성큼 붙여 나선형 모양의 '달팽이' 작품을 만든 것이다. 로버트 커밍은 '달팽이' 작품에서 색종이 사이에 드러난 흰색 여백의 역할에 대해 이렇게 말하고 있었다. "작품에서 여백의 흰색은 다른 색들을 살아 숨쉬게 하면서 색감을 보다 생동감 있게 느끼게 하는 효과가 있다."는 것이다. 공감이 가는 대목이었다.

  흰색이 다른 색들을 살아 숨쉬게 하는 경험을 한 것은 지난봄 가족들과 함께한 스코틀랜드 여행길에서였다. 5월의 스코틀랜드 하

고성에 핀 스코틀랜드의 봄

늘색은 맑고 청명했다. 푸른색은 눈이 부시도록 투명했다. 초원길을 달리다 차가 자작나무 숲에 들어섰다. 숲길에서 자작나무들 사이로 흰색 구름이 눈에 들어오는 순간 푸른 하늘과 대지의 색채들이 생기를 찾은 듯 신선해 보였다. 흰 구름색이 살려낸 자연 색채의 생동감이었다. 예술 심리학자 루돌프 아른하임Rudolf Arnheim의 "하나의 공간에 나타난 색채는 또 다른 공간을 창출해낸다."라는 말이 실감나는 순간이었다.

북스코틀랜드의 보석이라는 네스Loch Ness 호반의 어쿼하트 성 Urquhart Castle을 찾았을 때의 일이다. 1,500여 년의 역사를 가진 성은 중세에는 요새로, 또 한때는 왕족들의 연회장으로, 그리고 시인과 예술가들의 영감을 얻는 장소로 이용되기도 하였다. 지금은 거의 폐허가 되어 성채의 일부와 당시 생활 유물들만 전시되어 있는데 봄날 호수의 성채길을 걷다 보니 멀리 푸른 하늘에 떠 있는 솜털 같은 흰 구름들이 인상적이다. 흰색구름의 여백이 하늘과 대지와 호수의 색채를 살아 숨쉬게 한다.

오래 전, 네덜란드의 코겐호프를 방문했을 때 튤립 들판의 아름다움이 인상적이었다. 연못 수로에 조형적으로 심어진 다양한 색채의 튤립 정원도 아름다웠지만 나를 매료시킨 것은 동구 밖 다양한 튤립이 심어진 들판의 아름다움이었다. 온 마을 들판이 빨강 노랑 보라 분홍 진홍의 다양한 색들의 튤립으로 덮여 있는데 그것은 마치 대지에 색의 벨트를 깔아 놓은 것 같은 장관이었다. 화창한 봄날, 들판에 깔린 튤립 벨트 색의 아름다움이 그렇게 생동감 있게 다가 온 것은 대지에 펼쳐진 흰색 튤립이 주위의 색채들을 살아 숨쉬게 하기 때문이 아닐까 싶었다. 또 어느 해 방문한 캐나다 로키산맥의 붓칠 그림 같은 흰눈 벨트가 장중한 산의 색채를 살아 숨쉬게 하였다.

몇 해 전 강원도 영월의 동강을 찾았다. 정선 평창 일대의 깊은 산골짜기를 흘러내리는 동강은 한반도의 지형을 닮은 강으로 굽이굽이 휘감는 물줄기를 이루고 있다. 동강 상류의 비경 어라연—물고기가 비단결 같이 떠오른다는 연못—을 지나 사행형의 강변을 천천히 걸으니 봄날 동강의 전경은 아름다웠다. 물소리 새소리에 신록의 색들이 움트고 있었고 멀리 밭일에 손길이 바쁜 아낙네 모습이 정겨웠다. 지난 세월 뗏목쟁이들의 애환을 실은 동강은 유유히 흐르는데 어디선가 아련히 정선 아리랑의 애달픈 노랫가락이 귓전을 스쳤다. 청명한 햇살에 눈부시게 빛나는 강변의 흰모래 빛은 물빛과 땅빛을 살아 숨쉬게 하며 동강의 전경을 한 폭의 그림으로 가져다주었다.

자연 속의 흰색 여백이 대지의 아름다움을 살아 숨쉬게 한다면 사람에게 마음의 여백도 삶을 살아 숨쉬게 하는 것이다. 법정스님은 "여백의 아름다움은 단순함과 간소함에 있다."고 말하며 바람직한 인간관계도 그리움과 아쉬움이라는 여백이 있어야 함을 가르쳤다. 김용택 시인의 「매화」가 그리움의 여백을 말한다.

매화꽃이 피면
그대 오신다고 하기에
매화더러 피지 마라고 했어요

그냥, 지금처럼
피우려고만 하라구요

삶에서 마음의 여백을 누리는 사람은 일상에서 여유와 유머를 잃지 않고 세상을 관조하며 살아가는 사람일 것이다. 아직도 부질 없는 생각에 바쁜 마음으로 살아가는 자신을 보면서 여백이 있는 삶이 부럽기만 하다.

언젠가 일행과 함께 바쁜 일정으로 남도 여행을 하면서 담양 대 나무 숲의 바람결 소리에 취해 버린 적이 있다. 그대로 홀로 남아 마냥 머물고 싶었다. 달팽이같이 느린 여행을 해 보고 싶었다. 여 백과 느림의 여정으로 세상을 관조하고 사랑하며 살아갈 수 있다면 얼마나 복된 삶일까 생각해 보았다.

템스 강변의 테이트 모던 미술관에서 만난 앙리 마티스의 그림 '달팽이'가 오늘도 나에게 말해 주고 있다. "여백의 삶을 살아가십 시오. 여백의 삶이 향기로운 삶입니다."

캐나다 로키산맥의 청정한 기운

소리는 사라져도
감동은
영원한 것

5월의 초저녁, 스페인 남부 도시 사바델라^{Sabadella Sant Roc} 광장. 토요일 주말 휴식을 즐기는 사람들로 광장이 붐비기 시작한다. 안경 낀 한 대머리 신사가 키 큰 악기를 갖고 광장에 홀로 서 있다. 신사 옆, 콘트라베이스가 그의 큰 키와 잘 어울린다. 그의 앞에는 푼돈을 넣는 검은색 모자가 길바닥에 놓여 있다. 신사가 낮은 음률의 연주를 천천히 시작한다. 앞에 서 있던 안경 낀 소녀가 동전 한 닢을 모자 안에 집어넣는다. 신사의 느릿한 연주가 시작되면서 검은색 복장의 한 중년 여성이 첼로를 들고 나와 신사 앞 의자에 앉는다. 그녀가 연주를 시작하니 베토벤 교향곡 제9번 4악장 '환희의 송가' 선율이 잔잔히 흐른다.

환희의 선율이 광장에 흐르자 광장 사람들의 시선이 연주자에게 향한다. 연주자를 바라보는 한 모녀의 표정이 밝아지고, 길을 가다 멈추어 선 안경 낀 중년 남자의 미소 짓는 표정이 생기를 찾는다. 광장 주변에 어린이, 젊은 남녀, 중년 부부, 할머니, 유모차를 가진 젊은 부부, 여행객이 점차 연주장 주변으로 모여든다. 이때 바이올린 연주자와 오보에 연주자가 새로 합류하니 관현악 연주의 맛이 살아나기 시작한다. 나무 아래 앉아 있던 허리 꾸부정한 할머니가 일어나 호기심 어린 표정으로 연주장으로 다가간다. 음악을 따라가는 할머니의 걸음걸이가 나비를 따라가는 손자 걸음걸이 같다. 연주장에 사람들이 계속 모여들어 어른들이 연주자 주변을 둘러싸니 어린이들은 더 이상 가까이 갈 수가 없다.

붉은색 셔츠를 입은 한 어린이가 광장 가로등 전주를 타고 올라간다. 성서에서 키 작은 세리 자캐오가 예리코에서 군중에 둘러싸인 예수님을 보기 위해 돌무화과나무를 타고 올라가는 모습이다. 가로등 전주에 올라가 연주 모습을 즐기는 소년의 흡족한 얼굴 표정이 귀엽고 대견해 보인다.

연주 마지막 장면이 인상적이다. 지휘자와 남은 관현악단의 단원들이 합류하여 완전한 관현악단의 연주를 들려주니 광장은 베토벤 교향곡 선율로 충만하다. 광장에 나온 젊은 부인은 음악에 맞추어 남편의 팔에 안긴 아이 손을 흔들어 주는가 하면, 길옆 창가에

베토벤 '환희의 송가' 연주를 듣는 어린이 표정

올라선 두 소녀는 손을 들어 마구 춤을 춘다. 어른에 가린 사내아이들은 배꼽까지 내놓고 큰 율동으로 춤을 춘다. 어떤 안경 낀 소년이 땅에 쭈그리고 앉아 신기한 표정으로 연주 음악을 듣고 있는데 광장 가로등 전주에 올라갔던 소년이 다시 보인다. 한 손은 전주를 움켜잡고 다른 한 손으로는 지휘자 지휘모습을 따라 작은 손을 이리저리 흔들어댄다. 이때 교향곡 '환희의 송가' 합창 소리가 크게 울려 퍼진다. 광장에 모인 사람들은 하나 되어 감동적으로 베토벤 합창곡을 목청껏 부른다. 음악 속에 하나가 된 사람들의 얼굴 표정을 보며 "음악은 어떤 장벽도 넘어간다."는 인도의 음악가 라비 샹카르Ravi Shankar의 말을 생각한다.

음악을 듣는 사람들의 표정은 각자 살아온 세월에 따라 다양했다. 감동을 머금은 어른들의 표정, 호기심 어린 어린이들의 표정, 기쁨이 넘치는 젊은이의 표정, 흐뭇한 마음을 담은 노인들의 표정이 광장에 살아 숨쉬고 있다. 사내아이들이 추는 율동의 춤에도 그리고 부모가 보듬고 있는 갓난아기들의 웃음 띤 얼굴에도 음악이 살아 있으니 사람은 원래 음악적인 존재로 태어나는 것이 아닌가 다시 생각한다. 연주가 끝나자 남녀노소 할 것 없이 모두가 큰 박수를 치는데, 어떤 젊은 부부는 남편이 기쁨에 한 손으로 갓난아이를 번쩍 들어 올리니 옆에서 아내는 아이를 쳐다보며 박수를 친다. 하늘을 배경으로 비추어진 어린아이의 표정에는 웃음꽃이 피었다. 순박한 웃음꽃, 천상의 꽃이다. 그날 인터넷 동영상으로 본 베토벤 '환희의 송가' 합창 장면은 음악의 신비한 힘을 보여 주는 감동적인 장면이었다.

잠시 이런 생각을 해본다. 그날 광장에서 베토벤 '환희의 송가'
를 불렀던 사람들은 이제 각자 세상으로 돌아가 어떤 삶을 살아가
고 있을까. 삶의 현장에서 사람들은 이미 그날의 감동을 잊었다 해
도 저마다의 마음 안에는 '환희의 송가'가 살아남아 각자의 삶을 지
탱해 주는 힘이 되기도 하고, 어떤 때는 삶의 활력으로 다가가리라
믿고 싶다. 광장 가로등 전주에까지 올라가 연주 모습을 지켜보았
던 붉은색 셔츠의 소년은 먼 훗날 어른이 되고 나서도 아니 노년이
되어서도 그날의 베토벤 음악은 마음에 기쁨으로 남아 삶의 활력
소가 되리라 믿고 싶다.

손주들에도 '환희의 송가' 연주를 들려주고 싶었다. 세 살 된 손
자가 집에 놀러 왔다. 베토벤 음악을 손자에게 들려주고 싶어 할아
버지 무릎 위에 앉히고 인터넷 동영상 음악을 함께 들었다. 놀랍게
도 음악 선율에 집중하는 표정이다. 잠시 지나면 싫증내지 않을까
생각했는데 조용히 음악을 들으며 즐기는 표정이다. 음악이 끝나
자 다시 한 번 들려주었다. 두 번째 연주 음악도 즐기며 듣고 있다.
한참 같이 음악을 듣고 있는데 손자가 조용하다. 아이 얼굴을 내려
다보니 할아버지 품안에서 어느새 편히 잠이 들었다. 잠든 손자의
평화로운 얼굴을 보니 내 마음도 호수처럼 평온해진다. 가을 날,
창밖엔 단감이 열려 있다.

3

안복의 즐거움, 축복입니다

우연한 만남,
그것은
신비한 선물

__모네와 함께한 봄날의 지베르니

칠순의 나이에 조금은 두렵기도 하였으나 지난봄 4박 5일의 파리 여행은 민박에 배낭여행이었다. 처음 해보는 배낭여행에는 스케줄에 얽매이지 않는 자유로움과 여백이 있어 좋았으나 한편으로는 예기치 않은 해프닝으로 당황하는 일도 있었다.

이른 아침, 붐비는 시간 아내와 박물관 관람을 위해 전철을 탔다. 차량이 출발하는데 차 안이 갑자기 술렁이며 소란해진다. 그때 한 청년이 고함을 친다. 옆을 보니 젊은 소매치기 일당이 다른 사람이 아닌 아내를 둘러싸며 손가방을 열려고 한 것이다. 마침 옆에 서 있던 청년이 이를 보고 참지 못해 고함을 친 것이다. 청년과 일

당이 큰 소리로 설전을 벌이고 있는데 분위기로 보아 '자기 일도 아
닌 일에 왜 관여하느냐'는 소매치기의 말에 그 청년이 다그치는 것
같다. 다음 역에서 일당이 급히 내려 사라져 버렸다. 흔히 도심 거
리 다른 사람에게 일어나는 일에 눈감아 버리는 도회인과는 달리
청년은 참으로 선한 일을 해준 사람이었다. 제대로 인사도 못하고
헤어졌지만 용기 있는 청년이 고마웠다.

착한 청년 덕분에 전철역에서 무사히 내려 루브르 박물관을 길
을 물어 찾아가는 길이다. 길 위에서 한국 사람의 말소리가 들려
뒤돌아보니 40대 가장이 아내와 두 딸과 함께 파리 여행을 온 모양
이다. 내가 먼저 인사를 건네니 서로 간에 이야기가 오간다. 이들
은 그제 파리에 와서 어제는 인상파의 대가 모네의 정원이 있는 지
베르니를 다녀왔다고 한다. 모네의 정원 이야기에 불현듯 그곳에
가보고 싶은 마음이 나를 끌어당긴다.

지베르니 정원은 지금 같은 5-6월이 가장 아름답고, 또 아내가
정원 꽃 가꾸기를 좋아했기 때문이다. 게다가 바로 전날 오랑주리
미술관에서 모네가 지베르니에서 그린 '수련' 연작을 관람했을 때
의 감동 때문에 더욱 그러했다. 우리 부부가 지베르니 정원에 관심
을 보이자 그들은 여행 책자에서 '모네와 지베르니' 편을 떼어 주고
기차 시간 안내표까지 배낭에서 찾아 준다. 그들의 친절과 배려가
고마웠다. 여행길, 선한 사람과의 만남은 하늘이 내린 선물이었다.

이튿날 지베르니의 모네 정원 방문을 위해 이른 아침 아내와 함께 '생 라자르역'에서 베르송행 첫 기차를 탔다. 차창에 비치는 파리 근교의 아침 풍경은 엷은 안개 속의 한 폭 그림처럼 아름다웠다. 프랑스 국철로 40여 분을 달려 베르송 시골역에 내리니 순박해 보이는 여성 운전자가 방문객들을 버스로 지베르니까지 안내한다. 파리에서 북서쪽으로 70킬로미터 가량 떨어진 센 강변의 작고 한적한 마을이다. 지베르니는 인상파의 대가 모네가 말년에 그의 전성기 기량을 발휘했던 곳으로 그 유명한 '수련' 연작도 그곳에서 완성하였다. 그의 저택과 아틀리에가 자리잡고 있는 정원을 들어서는데 싱그러운 꽃향기가 코끝에 와 닿는다.

그때 어디선가 장닭의 우는 소리가 장대하다. 어린 시절 고향 마을의 아침을 여는 서기어린 소리가 아닌가. 오랜만에 들어 보는 닭의 우는 소리에 홀연히 어린 시절 고향 마을의 풍경이 아른거리니 그것은 모네 정원에서 경험한 소리 풍경이었다. 마당 한켠에 지어 놓은 닭장 우리 안에 적황색 빛깔의 닭들이 칠면조와 어울려 놀고 있는 모습이 봄날의 포근한 전경으로 다가온다. 칠면조들의 모습을 보니 그것은 오르세 미술관에서 관람했던 모네가 봄날 마당에서 그린 칠면조 군의 모습을 닮아 있었다.

5월의 모네 정원은 감미로운 꽃향기가 넘친다. 형형색색들의 꽃은 화사하면서도 순하다. 아이리스, 튤립, 작약, 백합, 개양귀비, 장미, 수선화, 라일락, 등나무꽃, 부채꽃 등이 저마다 고유한 색과

모네의 화실이 보이는 정원

자태를 드러내고 있지만 어떤 꽃도 그렇게 튀는 꽃이 없다.

정원의 수목과 꽃들은 다양해도 서로가 서로에게 배경이 되어주어 분위기가 순하고 평안하다. 화려한 아름다움보다는 절제된 아름다움을 보여 주는 공간이다. 그대로 머물러 안기고 싶은 모네의 정원은 쉼과 정화의 공간이다. 정원 끝자락 지하도를 지나 작은 냇물이 흐르는 대나무 길을 따라 안쪽으로 들어가니 수련 연못이 이어진다. 연못 주위를 거니는데 수면에 흔들거리는 주변의 풍광이 그림으로 다가온다. 연꽃 봉오리가 오른 수면에 나무다리 위의 등꽃이 향기로 아른거린다. 수면에 비치는 나무와 꽃무늬가 그림이 되어 흔들리는데 수면에 반영되는 하늘 구름은 흰 여백을 만들고 있다. 수면의 바람결과 그림자는 수시로 변하는데 그 안에 빛과 색의 떨림이 있다.

갑자기 하늘이 낮아지더니 가는 비가 내리며 수면에 작은 원형의 파장을 그린다. 작은 파장의 움직임이 수면 위의 그림자와 색채의 율동과 어우러져 하나의 판타지아가 된다. 하늘이 수면에 그림을 내리는데 돌연 개구리 합창소리가 들린다. 개구리 노래도 수면 그림에 녹아드는 듯하다. 지극히 회화적이고 음악적인 공간이다. 이곳은 모네가 1926년, 생을 마칠 때까지 사계절 햇빛과 바람결에 따라 일렁이는 수면의 빛과 색채를 수련의 화폭에 담은 곳이다.

그는 27년에 걸쳐 무려 300여 점의 수련 연작을 그렸는데 처음에는 연못의 일본식 다리와 주변의 나무와 꽃들을 그리다가 점차 수면에서 일어나는 빛과 색의 변화만을 작품에 담았다. "모네가 가진 것은 눈밖에 없다. 그러나 얼마나 위대한 눈인가!"라고 말한 세잔의 말처럼 모네의 눈은 이 연못에서 빛의 떨림, 수면의 일렁임, 구름과 연꽃의 조화를 빛과 색으로 담아 수련 연작을 선사한 것이다.

바로 전날 관람한 파리 오랑주리 미술관에는 시간을 초월하여 시들지 않는 수련이 숨쉬고 있다. 자연채광이 들어오는 타원형의 공간벽을 온전히 둘러싸고 있는 모네의 거대한 '수련' 연작 때문이다. 수련 연못의 신비한 아름다움을 담고 있는 '수련' 그림은 빠르고 대담한 붓질로 표현한 그림인데 멀리서 앉아 바라보면 수면의 흔들림과 색채의 율동이 몸으로 느껴져 오기도 하고, 어떤 때는 연못의 개구리 노랫소리가 들려오는 듯한 느낌을 갖게 하는 그야말로 '살아 있는 미술 정원'이다.

모네는 어떻게 이 놀라운 경지의 작품을 창조해낼 수 있었을까. 사람은 집을 짓고 집은 사람을 짓는다고 하는데 모네가 머무른 집과 공간은 모네의 영감과 작품 세계의 원천이 되었다. 지베르니 정원 언덕 윗자락에 자리한 모네의 집은 일자형 이층 저택으로 단순한 구조의 집이다. 아래층 모네의 아틀리에에 들어서니 화집에서 보았던 바로 그 화실이다. 큰 정방형 화실 창문을 통해 들어온 빛이 순한데 남쪽 창문은 정원의 꽃향기와 화사한 꽃들의 율동을 집 안으로 끌어들인다. 이층 거실 창문을 통해 들어온 정원의 탁 트인 전경은 꽃과 정원수가 편안하게 어우러진 낙원의 모습이다. '머무르고 싶은 공간'은 이런 곳을 두고 하는 말이 아닌가 싶다. 위대한 눈을 가진 모네는 영혼의 쉼터가 된 정원과 연못길을 걸으며 자연과 하나 되는 영감으로 빛과 색의 그림들을 쏟아낸 것이 아닌가.

그런데 어찌 모네의 그림에 아름다움만 투사되었겠는가. 아픔이 없는 아름다움이 이 세상 어디 있겠는가. 1876년 기존 화단의 비판과 반발로 인상파 화가들의 그림이 파리 살롱전에서 계속 낙선되면서 모네의 삶은 마네 등 선배 친구들의 도움이 없이는 유지될 수 없을 정도로 어려웠다. 당시 한 지인에게 보낸 편지에서 모네는 "마지막으로 아내에게 작은 목걸이를 걸어 주고 싶네. 저당 잡힌 아내의 메달을 좀 찾아 주게."라고 부탁할 정도였다. 그러던 중 1879년 사랑하던 아내 카미유가 32세의 젊은 나이로 자궁암으로 고통 중에 세상을 떠나게 된다. 1870년 모네와 결혼한 미모의 카미유는 모네의 젊은 날 기념비적인 작품이라고 할 수 있는 '초록색 드레스'와 '정원의 여인들'의 모델이 되어 주기도 하면서 모네의 가장 어려운 시기를 같이한 동반자였다. 사랑하는 아내를 위해 남편으로서 도리를 다하지 못한 모네의 심경은 누구도 헤아릴 수 없는 비통함과 쓸쓸함이었으리라. 오르세 미술관에서 관람했던 모네의 '임종을 맞은 카미유'는 이런 아픔을 담고 있었기에 오랫동안 내 기억에 남는 작품이 되었다.

1883년에 들어서야 모네는 화단의 인정을 받으면서 생활 형편도 점차 여유를 찾게 된다. 그해 모네는 두 번째 아내와 아이들을 데리

고 지베르니에 이주해 그곳의 풍광에 매료되어 1890년에 집과 땅을 구입하게 된다. 이때는 화상의 재정적 지원도 있었고 국내외 전시들도 활발하여 어느 정도 여유가 생긴 시기이다. 당시 그는 안정적 생활을 하며 수련의 작업에 몰두하고, 또 미식가로서 지인들도 초대하여 식도락을 즐기기도 하는 여유로운 삶을 누린다. 그러나 누구에게나 삶의 굴곡은 반복되는 것일까! 1911년 두 번째 부인 아리스와 사별하고, 맏아들도 잃고 자신의 시력도 약화되는 고통이 겹치면서 76세의 노화가는 실의에 차서 그만 오랫동안 화필을 던져 버리고 만다. 그러다가 그의 친구인, 정치가이자 언론인인 조르주 클레망소^{Georges} ^{Clemenceau}의 격려와 권유로 다시 화필을 잡기 시작하여 그린 그림이 바로 튈르리궁 오랑주리 미술관에 전시된 '수련' 대연작이다. 모네의 아픔과 고뇌가 녹아 있는 마지막 작품이다.

"그림을 그린다는 것은 참으로 어렵고 고된 일이다. 그림을 그리다가 절망을 느낄 때가 있다. 하지만 나는 표현하고 싶은 것을 다 표현할 때까지는, 그것을 표현하려고 시도하기 전에는 죽을 수가 없다."고 고백하며 그린 수련은 1926년 그가 죽을 때까지 심혈을 기울인 최후의 연작이었다. 모네는 말년에 이르면서 시력의 약화로 거의 형태를 구분하지 못하고 그저 현란한 색채로 추상적인 터치의 그림을 그리다가 그의 나이 86세로 '빛의 대가'로서의 마지막 삶을 마감한다.

파리로 돌아오는 기차 안에서 모네의 삶을 반추하며 이런 생각을 해보았다. "위대한 예술가의 삶은 마지막 순간까지 자기의 혼을 불태우는 삶이다. 그것은 어쩌면 '나의 원형'으로 돌아가고자 하는, 더없이 고귀한 몸부림이 아니겠는가. '나의 원형으로 돌아가고자 하는 삶'을 마지막까지 추구한 사람, 그는 진정 누구보다 자기 자신을 사랑한 사람이요 또 세상을 사랑한 사람이 아닌가."

　해질녘, 파리에 도착하니 아침에 출발했던 생 라자르역이다. 모네가 생전에 화폭에 연작으로 담았던 바로 '생 라자르역'으로 돌아온 것이다. 그러고 보니 그날 우리는 모네와 함께 지베르니의 정원에 머물다 생 라자르역까지 동행한 하루가 아닌가. 길 위의 여행자와의 우연한 만남이 가져다준 봄날의 하루, 그것은 신비한 선물이었다.

빛이
살아 숨쉬는
치유와 구원의 공간

_마티스의 작은 로사리오 성당

오월 센 강변의 화창한 봄날을 기대했건만 아침부터 비가 내리고 있다. 파리에서의 마지막 일정이기에 서둘러 퐁피두센터를 찾아 나섰다. 전철을 내려 빗길을 묻고 물어 전시장에 도착하였으나 이미 매표소 앞에는 앙리 마티스^{Henri Matisse}의 작품전을 관람하려는 사람들로 장사진을 이루고 있다. 입장하기까지에는 너무 긴 시간이 소요될 것 같다. 아쉽지만 발길을 돌려야 했다. 초행인 버밍엄행 비행기 탑승을 위해 이른 시간에 비행장에 나가야 했기 때문이다. 아트샵에서 마티스의 화집만을 사들고 나오니 못내 아쉬웠다. 그리운 고향 친구가 보고 싶어 먼 고향 마을을 찾았건만 떠나버린 친구 소식에 되돌아서는 그 허전한 마음 같은 것이었다.

마티스의 삶과 작품 세계에 대해 별로 아는 바가 없는 사람이 그 날따라 그의 작품전을 관람하지 못한 아쉬움을 쉽게 떨쳐 버리지 못했다. 그것은 마티스가 피카소와 함께 20세기 현대 미술의 최고 거장이기도 하지만 바로 그 전주 남프랑스 방스^{vence} 여행길에서 아내와 방문했던 마티스 최고 걸작, 로사리오 성당^{Chapelle du Rosaire}에서의 감동이 아직 가시지 않아서인지 모르겠다.

5월의 방스는 화사하고 한적했다. 지중해 연안의 햇살은 더없이 해맑고 남프랑스의 정겨운 시골길 풍경은 한 폭의 그림으로 다가왔다. 세월에 빛바랜 작은 집들 사이로 미풍에 실려 온 은은한 꽃향기가 지친 마음을 생기로 적셔 준다. 투명한 햇살에 어디를 보아도 꽃들이 저마다의 색깔로 영혼의 노래를 들려주는 듯하다. 경사진 시골길을 한참 달리니 방스가 내려다보이는 언덕길 옆에 로사리오 성당이 숨어 있었다. 조금은 의외였다. 유럽의 당당한 성당들을 기대했던 나에게 그곳은 그야말로 숨어 있는 작은 성당이었다. 간이 성당 같은 느낌조차 주는 나지막한 백색 건물에는 입구에 청색의 로사리오 성당 표지와 마티스의 성모자상이 그려져 있을 뿐이다. 대가의 그림이라기보다는 어린아이의 그림 같다.

마티스의 최대 걸작이라는 성당 입구는 덧붙임도 가식도 없이 그저 소박하기만 하다. 건물 입구에서 천천히 계단을 내려가 성당을 들어서니 순간 평안한 느낌이다. 작고 단순한 공간이다. 아무 생각 없이 나무 의자에 앉으니 의자의 순한 느낌이 몸에 와 닿는다. 석양빛에 투사된 스테인드글라스의 신비한 빛이 천천히 내게로 다가오며 나를 부드럽게 감싸 준다. 침묵에 잠시 잠기니 고요한 자유로움이 밀려온다. 마티스가 빛으로 창조한 정화의 공간이다. 수시로 변하는 빛과 환상적인 색조는 흰 벽에 그린 마티스 성화와 어우러져 정화의 공간을 연출한다. L자형 성당의 제대 뒷면과 측면 벽에 설치된 스테인드글라스는 지중해의 깊고 푸른 색채감으로 신비한 분위기를 연출한다. '생명의 나무'로 명명된 이 작품은 파랑, 초록, 노랑의 3색 유리 바탕에 강인한 생명력을 상징하는 선인장 잎을 그려 넣었는데 햇빛에 투영되어 반사되는 3색 선율이 흰 대리석 바닥과 벽면의 성화에 스며들어 살아 숨쉬는 느낌이다.

마티스는 성당 벽면의 성화를 그릴 때 팔순의 노구에 사다리를 올라가 작업을 하는가 하면, 체력이 달릴 때면 긴 대나무가지 끝에 붓을 매어 그림을 그리는 투혼을 발휘하였다. 예수 수난 14처의 성화 장면을 하나하나 벽면에 그렸는데 벽에서 조금 물러서서 보면 모든 그림들이 승천으로 승화되는 하나의 그림이 된다. 노년의 그림인데도 그의 작품성은 절정기의 기량을 그대로 유지하고 있다. 또 그는 놀랍게도 절제된 동양의 미적 감각으로 고해소 문을 콜라주 작품으로 완성했다. 한옥의 한지 문창살에 포도알과 줄무늬의 흰 종이를 오려 붙여 만든 문인데 담백한 여백의 분위기를 연출한다.

마티스의 로사리오 성당

마티스는 성당설계와 건축 과정에서 그의 창의성과 최고의 원숙미를 발휘한다. 성당의 스테인드글라스 제작은 물론 성당 벽화와 중앙 제단의 설계는 물론 십자가와 성합 등 모든 기물을 손수 디자인하였다. 그의 설계와 디자인 그리고 성화 제작 등 모든 공간구성 요소들이 하나로 조화를 이룸으로써 성당은 공간 예술의 새로운 경지를 보여 준다. 불과 15미터 길이에 6미터 넓이의 좁은 성당이지만 신비한 빛으로 충만된 공간은 들어서는 순간 경계가 없는 넓은 공간으로 느껴진다.

마티스는 로사리오 성당이 완성되고 나서 "여기에 들어오는 이들은 정화되고 또 삶의 짐을 덜어 놓으시기 바랍니다."라고 말한다. 이는 세상 사람들을 위한 그의 기도였다. 단순함과 순수함 그리고 안정감이 가져다주는 고요한 공간의 정화는 순례자를 위한 마티스의 선물이었다. 20세기 현대 미술의 최고 거장인 마티스는 그의 회고록에서 "이 성당은 내 모든 삶을 완성한 작품이다."라고 말할 정도로 생을 마감하는 구도자의 자세로 성당 완성에 혼신의 열정을 다하였다. 그러면서 그는 "내가 성당 건축에 참여한 것은 나의 선택이 아니라 하나의 운명이었다."라고 고백한다.

마티스는 80여 평생을 살아오며 몇 차례 건강 고비를 맞는다. 그는 1942년 그의 나이 72세에 장암 수술을 받고 집에서 병간호를 받기 위해 '젊고 아름다운' 간병인을 물색하던 중 당시 니스에서 견습

간호사로 일하던 21세의 모니크Monique bourgeois를 추천받는다. 그녀는 메즈의 가난한 군인 가정에서 태어나 엄격한 규율을 받고 자란데다가 그녀의 어머니는 어릴 때부터 칭찬보다는 질책이 많아 그녀 스스로 아름다운 사람이라고는 생각해 보지 않았는데 얼떨결에 '아름다운 간병인'으로 추천을 받아 마티스를 만난다. 그녀는 노화가를 헌신적으로 보살핀다.

간병 생활 중 그녀는 마티스와의 대화에서 그녀가 몰랐던 자신의 아름다움을 처음으로 자각하기 시작한다. 그녀는 노화가와의 대화에서 부모와의 대화와는 달리 온화하고 평안함을 느꼈다. 마티스는 그녀의 솔직함과 단순함 그리고 위트와 예술적 재능을 발견하고 그녀를 격려한다. 그녀의 아름다운 검은 머릿결과 어깨로부터 귓가로 이어지는 긴 목선의 매력은 그녀가 마티스의 모델이 되기에도 충분하였다. 그녀는 자신의 적성에는 맞지 않았으나 성장한 여인의 모습으로 몇 번인가 마티스의 모델이 되어 주기도 하였다.

그러던 중 어느 날 평소 수도원 성소에 관심이 많았던 모니크가 마티스에게 "이제 저는 수도자가 되고 싶습니다."라고 그녀의 결심을 말한다. 노화가는 그녀의 말에 놀라 "아름다움을 창조하는 것도 신에 대한 최고의 봉헌이다."라고 말하며 같이 있기를 권유하였으나 그녀는 끝내 결심을 굽히지 않았다. 1943년 그녀가 도미니코 수도회에 입회함으로써 니스에서의 두 사람의 만남은 끝나게 된다.

그러나 하늘의 섭리인지 이들의 만남은 1946년 방스에서 우연히 다시 이루어진다. 당시 마티스는 제2차 세계대전의 전란을 피해 니스에서 방스로 작업실을 임시로 옮겨 외롭게 생활하던 중이었고, 모니크는 인근 도미니코 수도원에서 요양 중이었다. 이때 이들의 만남은 마티스에게 모니크라는 여인과의 만남이 아니라 수도자 자크 마리 수녀Sister Jacques Marie와의 만남이었다. 재회의 순간, 마티스는 수도자가 된 그녀의 맑고 깊은 온화함과 평화로움이 자신에게 평안함과 위로의 힘으로 다가옴을 느끼게 된다.

　　수도자와의 만남이 이루어지면서 마티스는 당시 도미니코 수도원이 기도실로 이용한 낡은 차고 자리에 새 성당 건립이 필요함을 알게 된다. 어느 날 마티스는 마리 수녀가 임종을 맞은 동료 수녀를 밤새 간호하다가 침대 맡에서 그린 성모 승천 그림을 보게 된다. 그림을 보는 순간 그는 어떤 영감을 받았는지 성당 건축에 여생의 삶을 봉헌할 생각을 갖게 된다. 그러나 마티스의 이러한 생각은 수도원에 의해 아쉽게도 거절된다. 당시 수도원의 시각에서는 현대 미술의 대가일지라도 많은 여성 누드화를 그리며 살아온 그의 삶이 그렇게 점잖게 보여지지 않았기 때문이다. 또 일부 언론에서는 과거 마티스와 마리 수녀와의 우정이 단순한 플라토닉 러브 이상이었을 것이라는 추측 기사까지 보도되면서 두 사람은 큰 어려움에 직면하게 된다.

　　마리 수녀는 세간의 추측에 개의치 않고 진실을 말하고, 다른 한

편으로는 수도원과 마티스 사이를 오가며 성당 건립에 대한 설득 작업을 한다. 여기서 평소 부드러움을 지닌 여성으로만 보였던 마리 수녀의 놀라운 저력이 발휘된다. 수녀의 설득 노력은 그녀의 부드러움과 위트, 그리고 참한 매력을 오히려 돋보이게 했다. 이 과정에서 마티스도 평소 지면이 있던 교구의 고위 인사들을 접촉하여 그들의 협조를 요청한다. 마침내 1947년 성당 건축이 승인되어 마티스는 수도원 수사들의 도움도 받으며 건물 설계와 실내 건축과 모든 기물의 고안에 착수한다. 착공 4년 만인 1951년에 세기의 기념비적인 성당인 '방스의 로사리오 성당'이 완공된다. 완공된 성당에 대한 세상 사람들의 평가는 당초 기대를 완전히 초월한 것이었다. 마티스는 그의 말대로 '순수, 조화, 평화'가 어우러진 지상의 천상 공간을 완성한 것이다.

완공 후 로사리오 성당의 봉헌 미사 예식이 있었으나 마티스는 거동이 불편하여 아쉽게도 참석하지 못한다. 그 후 그는 주로 침상에서 가위로 색종이를 오려 붙이는 콜라주 작업에 열중하며 생의 마지막 날까지 화가로서의 혼을 불태우며 살다가 1954년 현대 미술의 거장으로서의 삶을 마감한다.

그가 세상을 떠난 후 마리 수녀는 1992년 한 언론사와의 대담에서 마티스에 대해 "그는 저에게 자상한 할아버지였고 대화할 때 온화하고 평화를 가져다주는 분이었습니다. 그리고 그는 항상 완전

위) 로사리오 성당 성화 앞에서 마티스와 마리 수녀의 생전 모습
아래) 생전 화실 입구의 마티스

한 신사였습니다."라고 회고한다. 그리고 마리 수녀가 어느 날 마티스에게 "당신은 신의 영감을 받은 분 같아요." 하고 말하자 "그래, 맞아. 그런데 그 신은 바로 나야."라고 대답한다. 그는 자신 안의 무한한 예술적 영감을 믿었다.

화가로서 온 생애의 삶을 치열하게 살아온 그는 말년의 모든 작품들을 단순성으로 완성하였다. 단순함은 그에게 아름다움의 완성이었다. 말년의 그는 비록 몸은 쇠락해가도 마음만은 단순한 어린이의 마음으로 남아 마지막 삶을 불태운 20세기의 위대한 화가였고, 상처 받은 이들의 따뜻한 위로자이며, 치유자였다.

마티스를 만나 로사리오 성당 건축에 결정적 역할을 한 마리 수녀는 후에 비다르 수도원으로 성소를 옮겨 그곳에서 은둔적 수도 생활을 하다가 2005년 84세를 일기로 그녀의 선이 넘친 삶을 마감한다. 당시 마리 수녀의 영결식에는 마티스의 유족들도 참석하였는데 이날의 영결 미사 모습은 63년 전 두 사람의 만남이 죽음을 넘어 선한 인연으로 살아 있음을 보여 주는 아름다운 장면이었다.

봄날 아내와 함께 방스에서 만난 마티스의 삶과 예술, 그리고 사랑과 우정은 진정 시간을 초월한 아름다움이었다. 로사리오 성당을 천천히 나서는데 벽면에 걸려 있는 한 장의 흑백 사진이 눈에 들어온다. 중절모자에 둥근 테 안경을 낀 마티스와 수줍은 미소를 머금은 마리 수녀가 어깨를 나란히 다정스레 서 있는 생전의 모습 사진이다. 맑고도 선한 이들의 표정은 이들의 우정이 지금도 천상의 우정으로 살아 있음을 보여 주고 있었다.

성당 마당을 나와 방스의 한적한 언덕길을 오르는데 봄날 저녁 어디선가 홀연히 들려오는 듯한 그레고리안 성가는 이들의 우정을 축복해 주고 있었다.

두잉^{Doing}의 땅에서 빙^{Being}의 세계를 그리다

__사막의 침묵은 신비의 선물

그 사막에서 그는

너무도 외로워

때로는 뒷걸음질로 걸었다

자기 앞에 찍힌 발자국을 보려고

−오르탕스 블루, 「사막」

아무것도 보이지 않는 사막을 홀로 걷다 보면 뒤로 걷고 싶어질 때가 있다고 한다. 적막한 광야에서 모래바닥에 남겨진 자신의 발자국이라도 보고 싶어 하는 말이다. 사막은 외로움과 침묵의 공간이다.

고대로부터 여러 은둔자 영성가 수도자들이 사막을 찾았다. 그들에게 사막은 보이지 않는 마음의 골방이었다. 세상에서 벗어나 침묵으로 신의 현존을 체험하고 자신과의 대면을 통해 진정한 자아를 찾고자 하였던 정화와 비움의 땅이 사막이다.

지난봄 아내와 함께 찾았던 사막의 땅 두바이Dubai는 비움의 땅이 아니라 채움의 땅이었다. 열사의 땅에 건립된 두바이 공항은 세계 사람들로 붐볐고, 공항의 규모나 쇼핑상가의 화려함이 상상을 초월한 것이었다. 공항 매점은 세계 일류 브랜드 상품으로 진열되어 있었고, 화려한 색채와 조명이 여행객의 눈을 자극했다. 공항 상가는 색이 살아 숨쉬는 공간이었다. 여성들의 스카프나 넥타이가 진열된 매장에서 화사한 색채들의 어우러짐은 벽면에 하나의 야수파 그림이 되었다. 세련된 디자인과 제품 배열, 그리고 다양한 색들이 연출하는 공간은 색의 미술관에 들어선 느낌이 들 정도였다.

두바이는 사막 위에 인간의 열정과 기술 그리고 예술이 만들어낸 현대 건축의 도시 공간이었다. 실험 건축이라 할 정도로 건축외양이 다양할 뿐만 아니라 건물의 높이와 규모들이 세계 일류를 지향하는 경이로운 도시였다. 열사의 두바이는 자연에 순응하는 도시가 아니라 자연에 도전하는 도시였다. 바다 위에 모래섬을 만들고 그 위에 건축한 호텔은 그 규모나 건축미를 감상하기에 앞서 인간의 도전 의지와 자본과 기술의 위력을 실감케 하는 공간이었다.

'Palm Jumeira'라고 하는 야자수 모양의 인공섬에 15억 달러를 투자하여 세워진 7성급 호텔 '아틀란티스Atlantis' 호텔에 들렀다. 'Lost Chamber'라는 이름의 호텔 수족관은 규모와 어종의 다양성은 말할 것 없었지만 수족관 하나하나의 공간 조형은 탁월한 예술적 감각을 드러내고 있었다. 수족관 배경은 고대유적지의 유물을 수중에 배치하여 마치 유적물 사이를 물고기들이 배회하는 느낌을 갖도록 하였다. 유적물의 형태와 음영, 그리고 색채감이 세련된 색채 조명으로 환상적인 분위기를 연출하고 있었다. 큰 수족관 앞에는 바닥에 매트리스 돗자리를 깔아놓아 사람들이 누워서 경관을 감상하고 있으니 사막 최고의 피서처가 아닌가 싶었다.

호텔에서 만난 필리핀 안내인의 권유로 시내로 돌아오면서는 모노레일인 '두바이 메트로'를 이용하였다. 창밖을 보니 바다 위에 야자나무 모양의 모래섬을 인공적으로 만들어 그 위에 건축된 도시는 고급 주택가와 상가를 형성하고 있었다. 시내로 향하는 모노레일 정류장은 현대식 건물에 완벽한 냉방장치를 갖추고 있어 시원함으로 쾌적했으나 여행자 눈에는 과도한 에너지 소비에 절제의 문화도 함께했으면 하는 마음이었다.

모노레일 창밖으로 사막에 건설된 골프장 전경이 눈에 들어왔다. 처음 대하는 전경이 생소하고 조금은 피곤해 보였다. 시내 가까이 다가오니 도심 주변의 건설 현장에서 일하고 있는 근로자들의 모습이

사막의 밤, 경쾌한 물줄기의 율동

보였다. 방글라데시나 파키스탄 등에서 일자리를 위해 이곳에 온 해외 인력이라고 한다. 섭씨 40도가 넘는 열기의 건설 현장에서 일하고 있는 근로자들의 고달픈 삶이 생사를 건 치열한 생존의 삶으로 느껴졌다. 화려한 도시의 절박한 삶의 현장이었다. 도시의 위용과 화려함 뒤에 숨어 있는 사람들의 고통과 아픔이었다.

치열한 삶의 현장에 초대형 호화 쇼핑몰이 들어서 있다. 예술적 감각의 쇼핑몰로 세계 일류 브랜드 제품이 즐비하다. 화려한 매장에서 부유한 원주민 가족들이 쇼핑을 즐기고 있는데 쇼핑몰 공원에서는 화려한 저녁 분수 쇼가 밤하늘에 더위를 식혀 주고 있다. 경쾌한 음악 선율에 뿜어 올려지는 물줄기의 율동이 화려한 조명에 장관이다. 분수대의 힘찬 물줄기 너머로 초고층 건물이 보인다. 건물은 우리나라 삼성물산이 수주하여 2010년 개장한 부르즈 할리파Burj Khalifa 건물로 163층에 높이가 828미터에 달하는 세계 최고층 건물이다. 눈을 한 번 들어 쳐다보아도 건물 끝이 보이지 않는 하늘로 치솟은 건물이다. 지상 최고를 지향하는 인간의 욕망이 성취해낸 경이로운 도시건물이다. 두바이 사막은 비움의 땅이 아니라 채움의 땅이었고 '빙Being'의 땅이 아니라 '두잉Doing'의 땅이었다.

스즈키 히데코 수녀는 '떠나는 사람이 가르쳐 주는 삶의 진실'이라는 글에서 '두잉'과 '빙'의 세계에 대해 이렇게 말하고 있다.

"보이는 세계를 '두잉'이라고 하고 보이지 않는 세계를 '빙'이라고 합니다. 보이는 '두잉'의 세계에서는 성과와 우열을 구분합니다. '두잉'의 세계는 업적과 조건의 영역에 가치를 두고 살아가는 세계입니다. 그러나 빙의 세계에서는 모두가 존재로서 평등합니다. 많은 사람들은 '빙'의 세계를 의식하지 않고 살아갑니다. 그러다가 사람이 죽음에 직면하게 되면 '두잉'의 세계는 의미를 잃게 됩니다. 이때 사람들은 나의 존재에 대해서 생각하게 됩니다. 자연이나 사람들과의 조화 안에서 살아온 존재인 나를 발견하게 됩니다. 그리고 인간들이 근원적으로 하나로 이어져 있음을 자각하게 됩니다. 또 대우주와의 일체감도 체험합니다. 이것이 사랑으로 하나 되는 영혼의 세계입니다.

'빙'의 세계는 무조건의 영역이며 존재자체를 있는 그대로 인정하고 받아들이는 세계입니다. 여기서 상대방이나 자기 자신을 있는 그대로 받아들이는 것은 치유의 시작입니다. '빙'의 세계에 들어서면 자긍심 자존감 안도감 충족감을 가질 수 있고 모든 것이 가득 찬 느낌, 지복의 감각을 맛볼 수 있습니다."

글을 읽으며 인간의 삶이 건강하게 진화하려면 '두잉'과 '빙'의 세계가 조화를 이루어야 함을 생각했다. 오늘을 바쁘게 살아가는 현대인들은 '두잉'의 세계에서 불현듯 '빙'의 세계를 그리워하게 된다. 사람들이 고독한 사막을 찾고 또 순례의 길을 걷는 것은 이 때문이 아닌가 싶다.

서울로 향하는 비행기 안에서 몇 해 전 미국 라스베이거스 방문길에 머물렀던 네바다의 광활한 사막이 기억에 되살아났다. 하루 종일 차를 달려도 끝없는 사막뿐이었다. 망망한 사막에서 차가 멈추어 섰다. 밖으로 나오니 모든 것이 고요다. 침묵의 세계다. 보이는 것은 끝없이 펼쳐지는 열기 속의 사막 모래뿐이다. 홀연히 그대로 그 자리에 머무르고 싶었다. 이상하게도 마냥 머물고 싶었다. 사막의 침묵에 머문 시간은 바로 '본향의 나'로 돌아가고 싶은 나를 만나는 시간이 아닌가 싶다. 사막의 침묵은 신비한 선물이다.

색의 아름다움에
빛의
아픔이 있다

__역광의 신비한 매력

우리 집 거실에는 수채화 화가 정우범 화백의 풍경화 그림 한 점이 걸려 있다. 가을날 해질녘 스페인 농촌 마을의 전경을 빛과 그림자의 절묘한 콘트라스트로 그려낸 서정적 그림이다. 이 그림을 좋아하는 것은 정 화백 특유의 빛과 색채 감각 때문이기도 하지만 그보다는 역광으로 드러난 시골 전경이 서정적이면서도 신비한 느낌을 주기 때문이다.

그림뿐만 아니라 사진에서도 역광에 담은 흑백 사진을 좋아한다. 역광으로 담은 봄날의 할미꽃이나 석양의 순천만 갈대밭 전경도 좋아한다. 역광 조명을 받으며 결혼식장에 입장하는 신부의 웨딩드레스의 뒷모습은 앞모습에서 느끼지 못한 환상적 느낌을 주기

스페인 산골마을, 정우범

도 한다. 역광으로 담은 흑백사진은 모든 디테일을 드러내지 않지만 단순하고 또 상징적이어서 어떤 때는 은유적 언어로 말을 하기도 한다. 또 흑백 사진에는 침묵과 여백이 있어 마음에 고요함을 주기도 한다. 이런 것이 흑백 사진의 매력이 아닌가 싶다. 영화 장면에서도 역광으로 비치는 사람의 동작이 짙은 음영을 배경으로 드러날 때 더욱 생동감 있게 다가오고 어떤 때는 이미지도 보다 선명하게 느껴진다. 모든 것을 드러내기보다는 은유의 언어로 형언할 수 없는 느낌을 전달해 주는 역광의 흑백 사진은 우리에게 숨겨진 것이 더 큰 아름다움이라고 말해 준다.

역광의 또 다른 매력은 스테인드글라스를 투과할 때 드러내는 환상적 아름다움에 있다. 남부 프랑스 니스의 샤갈 미술관^{Musee Nationale Marc Chagall}을 찾았을 때의 일이다. 러시아 태생의 유태인 화가 샤갈의 작품을 소장하고 있는 미술관은 일층에 '성서의 메시지'를 연작으로 전시하고 있었는데 화사한 색채와 환상적이고 시적인 화풍이 인상적이었다.

샤갈의 천지 창조를 상징한 대형 스테인드글라스 그림의 신비한 색채는 프로방스의 투명한 햇살에 투시되어 환상적인 아름다움을 드러내고 있었다. 미술관 연주 공간에 설치된 스테인드글라스가 역광에 투사된 블루빛으로 공간을 물들이고 있으니 여기서 연주되는 음악 선율은 그만 색채에 취해 버릴 것 같았다. 쇼팽이 피아노의 시인이라면 샤갈은 그림의 시인이라 할 정도로 그의 그림은 환

세인트 자일스 성당, 에든버러

상과 시적 분위기 그리고 삶의 환희로 넘쳤다.

샤갈 작품의 신비한 공간에 한참을 머무르고 있는데 에든버러의 세인트 자일스 성당St. Giles Cathederal의 스테인드글라스의 블루빛이 오버랩된다. 스코틀랜드 기사단의 화려한 예배당 장식이 있는 이 성당은 원래 8세기경 사원의 기초를 닦기 시작하였는데 현재의 건물은 14-15세기에 걸쳐 완성되었다고 한다. 성당 입구에 원래의 목각문을 없애고 그 자리에 푸른 색조의 대형 스테인드글라스와 큰 병풍 크기의 철선그림 조형물을 설치하였는데 성당 안에 들어와 입구 쪽을 보니 푸른빛을 배경으로 한 철선 그림 조형물의 아름다움이 마치 푸른 바다 위에 그려 놓은 한 폭의 시화가 되어 있었다. 중세 건물과 현대 감각의 설치 미술이 완벽한 조화를 이룬 신비한 공간은 여행자에게는 환상적인 쉼의 공간이며 정화의 공간이었다.

성당에서 빛이 만들어낸 색채의 아름다움을 몸으로 느끼며 "색의 아름다움에 빛의 아픔이 숨어 있다."는 괴테의 말을 생각했다. 자일스 성당의 아름다움에도 빛의 아픔이 숨어 있다고 생각하니 무심히 지나쳤던 세상 아름다움에 순간순간 감사해야 했다.

성당 안을 천천히 돌며 천정의 화사한 블루 색조와 소 예배당의 정교한 건축미를 감상하고 있는데 방문객의 퇴장을 알리는 저녁 종소리가 들린다. 출구문을 서서히 나오는데 성당을 마지막으로 떠나는 방문객이 되었다. 성당 입구에 서 있던 관리인이 "오늘 저녁 여기 머무를 건가요?" 나에게 말을 걸어온다. 미안한 마음에 미소로 답하며 성당 문을 나섰다. 에든버러의 봄날은 석양에 저물고 있었다.

낡아지는 것은
늘
새로워지는 것

_세월의 향기가 밴 생폴 드 방스

지중해 휴양도시 니스에서 프랑스에서 가장 아름답다는 지중해변 코트다쥐르Cote d'Azur 쪽빛 해안길을 달려 앙티브Antibes에 도착했다. 앙티브는 프랑스 동남부 알프미리팀 주에 있는 항구 도시다. 옛 로마의 항구였던 탓에 앙티브 해변을 따라가면 중세의 성곽이 남아 있는 아름다운 예술 도시다.

앙티브 해변을 따라 1565년에 건축되었다는 카레 성곽에 도착했을 때 성곽 광장에서 마을의 벼룩시장이 열리고 있었다. 프랑스 사람들의 삶을 엿볼 수 있는 기회였다. 광장에는 중고 가재, 살림 도구를 비롯하여 그림, 조각, 골동품, 액세서리, 카펫 등 그야말로 다양한 매물들이 나와 있었다. 광장은 오가는 사람들로 붐볐고, 호객의 목소리로 분위기는 시끌벅적했다. 진솔한 사람들의 삶의 모습에서 의욕과 생동감이 넘쳤다. 삶의 고달픔과 고뇌도 같이 숨어 있었다. 매장에 한 노부부가 낮은 의자에 앉아 그들 무릎 앞에 그림한 점을 놓고 팔고 있었다. 노부부의 얼굴 표정이 조금은 고달파보였다.

길 건너 공터에는 어린이들이 잔디밭 위에 헌 운동화 몇 켤레를 놓고 팔고 있었다. 자리를 지키는 소년의 맑은 눈빛이 애처롭다. 천혜의 아름다움을 누리는 앙티브에서 외롭고 고달픈 삶을 엮어가는 사람들의 모습이었다. 어디서나 사람들은 서로가 나누고, 보듬어 주어야 할 존재가 아는가 하는 생각을 잠시 해본다. 그러면서내 어설픈 삶을 되돌아 보게 된다.

지난해 늦가을 저녁이었다. 강남 전철역을 나와 집으로 가는 버스 정류장을 향해 걸어가고 있었다. 환한 전등불을 켠 노점상들이즐비한 강남대로는 사람들로 붐볐다. 잠시 걸어가는데 버스 정류장 부근 길바닥에 웬 천 원권 지폐 몇 장이 떨어져 있지 않는가. 주위를 보니 60대 초반으로 보이는 할아버지가 호두과자 노점을 차려 놓고 과자를 만들어 팔고 있었다. 그는 호두과자를 만드는 데정신이 팔려 노점수레 좌판 위에 모아둔 지폐가 바람에 날아간 줄도 모르고 뜨거운 호두과자를 쇠판기에서 들어내는 데만 열중하고있었다. 얼른 길바닥 지폐를 주워들고 할아버지에게 다가가 "이거 좀 잘 챙기셔야겠어요!" 하며 수레 좌판 위에 지폐를 놓아 주었다. "아이고, 나 좀 봐. 내가 정신이 없네." 하며 꾸벅 고맙다는 인사를 한다.

얼른 자리를 지나 할아버지 노점 옆에 위치한 버스 정류장에서 줄을 서 차를 기다리고 있었다. 누군가 "잠깐 여기 좀 봐요." 하는 소리에 돌아보니 바로 호두 노점상 할아버지가 옆에 와 서 있지 않은가. "이거 집에 가서 드셔유." 하며 호두과자 한 봉지를 내민다. 얼떨결에 "고맙습니다만 가지고 가서서 손님들한테 파셔요." 사양하며 바로 버스에 올랐다.

집에 오는 차 안에서 호두과자를 가져다준 노점상 할아버지에게 미안하고 부끄러운 생각이 들었다. 성의를 받아 주지 못한 것이 후회스러웠다. 할아버지가 고마움의 표시로 건네주는 호두과자 봉지를 기꺼이 받고 "고맙습니다." 하며 과자 값으로 사례를 하지 못한 자신이 부끄러웠다. 일상의 만남에서 작은 손도 내밀지 못하는 나의 각박함이었다. 어느새 차창 밖 멀리, 생폴 드 방스의 아름다운 마을전경이 시야에 들어오고 있었다.

생폴 드 방스는 프랑스에서 가장 아름다운 마을 가운데 하나로 14세기 중세의 모습을 그대로 간직하고 있다. 중세로부터 내려오는 성당과 아기자기한 골목길에 아담한 돌집들로 이루어진 예술가들의 마을이다. 이곳은 샤갈, 르누아르, 마네, 마티스, 브라크, 피카소 등 당대의 대화가들이 영감을 얻고 작품 활동을 위해 머물렀

던 곳이기도 하다. 마을 골목길에는 화가와 예술가들의 갤러리가 모두 70여 개나 있다고 하니 그야말로 화가들의 예술혼이 살아 숨쉬는 마을이었다. 또 이곳 중세 마을은 유명 인사들의 방문도 잦아 프랑스 배우 이브 몽탕 같은 사람은 이곳에서 결혼식을 올렸다고 한다.

마을 입구 돌담길을 들어서니 골목길 풍경이 중세 마을 분위기에 마치 동화속의 마을을 연상케 한다. 세월에 빛바랜 돌집들이 규모는 작지만 하나하나 개성이 있고 아기자기하다. 오랜 세월의 흔적의 향기가 배어 있는 돌집 문 위로 포도나무 줄기 하나를 올렸는데 그 전경이 절제된 아름다움이다. 어떤 집은 창문틀 위에 형형색색의 오지단지를 올려놓았는데 창살곡선과 어우러져 하나의 정물화 그림이 되어있다. 즐비한 고풍 상가의 작은 간판, 문패 하나하나에는 동화 속 그림과 시어가 담겨있고 또 골목길 바닥에는 작은 조약돌로 그림을 그려 놓았는데 모두가 하나의 예술 작품이다.

트리종Trizon이라는 갤러리 앞에서 한참을 머물렀다. 갤러리 입구, 돌기둥은 투박한 자연석에 조각을 새겨 넣은 것인데 그 작품성이 놀랍기만 하다. 돌조각 기둥 뒤로 보이는 갤러리 실내는 환한 조명에 지중해의 눈부신 코발트빛 색채를 발산하는 그림들로 환상적인 분위기를 연출한다. 화사한 색채가 여행자의 마음을 물들이는 것 같다. 생폴 드 방스 길에서 만난 작은 집들과 거리의 분수와 광장 그리고 그곳 사람들의 표정도 코트다쥐르의 빛과 향기를 담고 있다. 마을의 모든 공간에는 세월과 지중해의 혼이 살아 숨쉬고 있었다.

마을 공원묘원의 마르크 샤갈의 묘를 찾았다. 샤갈이 잠들어 있는 대가의 무덤은 화려하지 않고 소박하기만 하다. 소금이 뿌려져 있는 묘비 위에는 작은 꽃다발이 하나 놓여 있다. 샤갈은 1985년 그의 나이 97세로 세상을 떠날 때까지 이 마을에서 20여 년 작품 활동을 계속했다. 무덤 앞에 발길을 멈추니 며칠 전 니스 샤갈미술관에서 관람했던 그의 작품들이 생각난다. 창세기를 비롯하여 성서의 이야기들을 환상과 시적 분위기로 표현했던 샤갈은 그가 생전에 그렇게 동경했던 하늘나라에 돌아가 편안한 안식을 누리리라 믿어졌다. 예술가로서 환상과 사랑의 기쁨 안에서 하늘을 날 듯 행복하고 아름답게 살다가 간 샤갈, 그는 축복받은 화가라는 생각에 봄날이 저물고 있었다.

마을을 돌아 나오는 돌담길, 고졸한 아름다움을 지닌 계단 앞에 탐스런 장미가 환히 피어 있다. 그 앞에 서 있는 아내의 미소 지은 얼굴 모습을 카메라에 담으니 내 마음도 환해진다.

생폴 드 방스 중세 마을을 떠나며 오래된 것에는 세월의 향기가 신비한 아름다움으로 배어 있음을 생각한다. 박노해 시인은 "시간은 아름다움을 빚어내는 거장의 손길"이라고 말하며 오래된 것을 이렇게 찬미하고 있다.

> 오랜 시간을 순명하며 살아나온 것
> 시류를 거슬러 정직하게 낡아진 것
> 낡아짐으로 꾸준히 새로워지는 것
>
> 오래된 것들은 다 아름답다.
>
> 해와 달의 손길로 닦아지고
> 비바람과 눈보라가 쓸어내려준
> 순해지고 겸손해지고 깊어진 것들은
> 자기 안의 숨은 얼굴을 드러내는
> 치열한 묵언정진 중
>
> ―박노해, 「오래된 것들은 다 아름답다」에서

옛 마을의 오래됨이 아름다움이라면 사람에게 오래됨은 무엇일까. 그것은 늙어가며 드러나는 아름다움이다. 늙어가는 삶에도 날로 새로워지는 고졸한 아름다움이 있다. 시페르거스Schipperges는 늙어 감을 이렇게 말하고 있다.

늙는 것이 무엇인지 모르는 사람은 삶이 무엇인지 모르는 사람

카사블랑카 향기에 취한 봄날의 여인

이다. 늙는다는 것은 나이와 함께 세월로 들어온다는 뜻이다. 늙는 것은 걷는 것이며, 사라지는 것이며, 자기 내면의 모습을 잃지 않으면서 변화하는 것이다. 삶에서 겪는 작은 체험들이 모여 큰 희망 한가운데로 늘 새롭게 걷는 것이다.

해가 서편으로 기우는 봄날, 마을 밖으로 나오니 길 언덕에 100년이 넘는 라임나무 아래 Le Tilleul 레스토랑이 있다. 운치 있는 보리수나무 아래 레스토랑 식탁 꽃병에 장식되어 있는 순백의 카사블랑카 향기가 코끝에 와 닿는다. 여행자의 마음이 설렌다. 라임나무 아래 의자에 홀로 앉아 있는 여인의 고운 자태가 카사블랑카의 매혹적인 향기로 다가온다. 아름다운 봄날 저녁이다.

하늘을
끌고 가는 호수,
시심을 부르다

__외로움이 시가 되고 그림이 된다

스코틀랜드의 포트 오거스터스는 네스호Loch Nessa 남서쪽 끝에 자리잡은 아주 작은 마을이다. 마을 중앙으로는 길게 칼레도니아 Caledonian Canal라는 작은 운하가 나있고 운하의 물은 네스호로 흘러간다. 운하 양안에는 카페와 식당 벤치가 있어 사람들의 휴식 공간을 제공한다. 봄날 초저녁, 호반의 작은 마을 식당에서 즐긴 생선 요리는 주인의 넉넉한 마음을 닮아 푸짐했고, 맛은 담백하고 신선했다.

식당을 나와 다리 건너 운하길을 천천히 걷다 보니 막다른 길에 시원한 네스호의 전경이 눈에 들어온다. 선착장에서 손님들을 태운 유람선이 석양의 호수를 가로지르며 천천히 멀어져 가고 있었다. 아무 생각 없이 눈앞의 호수를 바라보았다. 마음이 편안하고 고요해진다. 쉼이 있는 머무름, 좋아하는 시간이다. 주위의 경관이 눈에 들어오면서 호반 식당의 차양막 색조와 요트의 산뜻한 색들이 호수의 푸른빛과 어우러져 아름다운 색의 앙상블을 이룬다. 저 멀리 구부러진 모퉁이 호숫가 길을 다정히 걸어 나오는 할아버지 두 분이 보인다. 오랜 친구인 두 사람이 카페에서 한 잔을 하고 집으로 돌아가는 길인 듯하다. 형제처럼 다정한 두 친구가 호반에 앉아 저녁 잔을 나누는 모습을 상상하니 그들의 걸어가는 모습이 행복한 노년의 모습으로 보였다. 구상 선생의 시가 다가온다.

> 걸어가는 사람이 제일 아름답더라
>
> 누구와 만나
>
> 함께 걸어가는 사람이 제일 아름답더라
>
> 솜구름 널린 하늘이더라

봄날 전경이 운하 수면에 아른거리는 저녁시간, 운하천을 되돌아 나오는 길가에 노인 한 분이 홀로 입에 담배를 물고 물끄러미 호수를 응시하고 있다. 외로운 모습이다. 조금 전 호숫가 두 노인의 다정한 모습이 떠오르면서 더욱 외롭게 보인다. 문득 "울지 마라/ 외로우니까 사람이다/ 살아간다는 것은 외로움을 견디는 일이다"라는 정호승 시인의 시구를 생각하니 외로운 노인의 모습이 우리 모두의 것으로 다가온다. 사랑할 때 더 외로워지는 존재가 사람이 아닌가. 그래서 외로움은 어떤 때 시가 되고 그림이 되는가 보다. 어느 시인의 말처럼 "외롭다는 건 노을처럼 황홀한 게 아닌가" 하는 생각을 해보게 된다.

포트 오거스트 시골 숙소를 찾았다. 길가 언덕에 위치한 'Lundie View Lodge'라는 이름의 작은 민박 숙소였다. 300년 된 오래된 흰색 돌담집인데 침실이 깔끔하게 정돈되어 있고 화장실도 현대식으로 개조되어 있어 하룻밤 지내는 데 불편은 없었다. 여정을 풀고 집밖으로 나오니 눈앞의 광활한 언덕에 시야가 탁 트인다. 조금 쌀쌀한 기온에 청정한 바람결이 얼굴을 스치는 저녁. 눈앞에 펼쳐지는 저녁놀 풍경이 호수처럼 고요하다. 서산의 노을은 흘러가는 구름에 진홍의 빛깔로 장엄한 분위기를 연출한다. 숙소 뒷마당에 오르니 굴곡진 고옥 지붕의 굴뚝이 저녁놀을 배경으로 서 있다. 중세 시골 마을의 한 장면 같기도 하다. 오감으로 다가오는 저녁노을의 고요함에 잠기니 노을처럼 오시는 분이 있다. 이해인 시인은 노을을 이렇게 노래한다.

가을엔 지는 노을을 바라보듯이
그렇게 조심스런 눈빛으로
매일을 지혜로 살아갑니다.
당신과의 만남은

저 노을처럼 스쳐가는 황홀한 순간과

보다 긴 안타까움의 순간들을

남겨놓고 떠납니다.

그러나 오십시오.

아름다운 당신은

오늘도 저 노을처럼

오십시오.

저녁노을의 고요함이 호수의 고요함으로 다가온다. 퀴놀트 호수 Lake Quinault의 전경이 떠오른다. 미국 시애틀 올림픽 국립공원의 호수 전경은 광활한 고요였다. 호숫가 숲속의 오솔길을 걸으니 싱그러운 숲과 나뭇꽃 향기가 코끝에 와 닿는다. 먼 산에 걸려 있는 장대한 구름띠가 그대로 수면에 내려앉아 움직이며 하늘 그림을 그리고 있다. '하늘을 끌고 가는 호수, 호수를 밀어 오는 하늘'이 보인다. 휴정 스님의 시가 저절로 읊어진다.

지는 꽃향기 골짜기에 가득하고

우짖는 새소리 숲 너머에서 들려온다

그 절은 어디 있는가

푸른 산의 절반은 흰 구름이어라

선착장 지지대의 물 그림자도 잠을 자듯 고요하다. 숲속 나뭇잎

퀴놀트 호반의 산책길, 워싱턴 주 국립공원

에 아롱아롱 맺힌 물방울 떨어지는 소리와 새소리가 영롱하다. 정갈한 시간이다. 청정한 기운이 흐르는 고요한 숲길에서 조용히 눈을 감아본다. '본향의 내'가 그리움으로 다가온다. 호수의 물 그림자를 따라 내 마음이 본향의 나를 찾아가고 있다.

새소리에 잠을 깬 이른 아침이다. 스코틀랜드의 고요한 아침에 창문을 여니 엊저녁 신비한 노을을 받쳐 들고 있던 구릉 너머에 멀리 호수가 보인다. 평화롭고 고요한 아침 전경이다. 민박집 아침 식사는 푸짐한 음식에 주인의 정성을 담아 따뜻했다. 여행길 시골집에서 아내와 아들 내외, 그리고 손주들과 함께 하는 아침 식사 시간이 즐겁고 행복했다. 식당에서 우연히 한 영국인 가족을 만났다. 런던에 살면서 매년 시골길을 찾아 자전거 여행을 즐긴다는 이들 가족은 풋풋하고 건강해 보였다. 자연을 오감으로 즐긴다는 부부와 중학생으로 보이는 딸의 표정이 소박하면서도 활기차 보였다. 여행 중에 만나는 사람의 표정은 삶의 표정이다. 대지에서 자연을 맘껏 즐기고 감사하는 그들의 삶이 행복해 보였다. 스코틀랜드의 아름다운 아침이었다.

침묵의 말,
천지의
언어

_영겁의 아픔이 녹아 있는 천지의 아름다움

　육십 년 지우들이 처음으로 해외여행을 다녀왔다. 칠진회원 칠
순 기념 부부동반 여행이다. 9월이 시작하는 날, 안개 옅은 아침
인천공항을 출발하여 대련을 거쳐 도착한 압록강변 단둥丹東은 보
랏빛 어둠이 내린 초가을 저녁이었다. 장시간 여행으로 조금은 피
곤하였지만 차에서 내리니 서늘한 강변 바람이 얼굴을 스치며 피
로감을 씻어 준다. 잠시 강변길을 걸으니 단둥과 신의주를 잇는 철
교가 조명에 어슴푸레 보이고 하늘에는 희뿌연 달이 강물을 비추
고 있었다. 멀리 강 건너 북한 땅은 희미한 불빛에 조용한데 단둥
거리는 밝은 불빛 조명에 사람들의 활기로 넘치고 있었다.

인솔자의 안내로 북한에서 직접 운영하고 있다는 평양 고려식당에 들어서니 미모의 젊은 북한 여성들이 단정한 복장으로 손님을 친절하게 맞는다. 압록강 야경이 내려다보이는 방에는 백두산 가을 전경을 담은 풍경화 그림 한 점이 벽에 걸려 있다. 공들여 빚은 북한 음식에 젊은 북한 여성의 노래와 춤이 있는 저녁을 마치고 식당을 나오는데 직원이 입구까지 나와 '안녕히 가시라' 인사한다. 고려식당이 단둥의 명식당으로 자리잡기를 기원했다.

이튿날 단둥의 가을 아침은 짙은 안개 속에 잠겨 있다. 단둥 철교가 내려다보이는 호텔 창가에서 바라본 바깥세상은 연보랏빛 고요뿐이다. "아침 안개가 짙으면 그날은 날씨가 맑다."는 말에 아침 식사를 마치고 호텔을 나와 압록강변을 따라 이동하는데 금방 안개가 걷히면서 강변 전경이 눈에 들어온다. 압록강은 유유히 흐르고 멀리 강 건너 북한 땅의 산과 들이 평화롭게 다가온다. 강변 '회성' 선착장에서 유람선에 오르니 강변 바람을 타며 배가 서서히 움직인다. 북한 땅이 시야에 가까이 다가오니 들판에는 옥수수가 여물고 황소와 염소가 한가로이 풀을 뜯고 있다. 달구지가 지나가는 들판 길이 강변에 이어지고 강가에서는 한 사람이 팔을 걷어붙이고 빨래를 하고 있다. 전형적인 우리 시골 농촌 풍경이다. 강변 높은 언덕에는 북한군의 초소들이 있고 군 막사에 병사들의 움직이는 모습이 보인다. 강변 언덕에 자리잡은 강촌 마을 입구에는 북한식 정치 구호가 빨강색 플래카드에 걸려 있다. 주체사상에 물든 북한 땅이 지척에 와 있음을 실감한다. 강 한가운데 다다르니 탈북자들을 감시하는 북한 감시선 한 척이 우리 배에 지척으로 다가온다. 휘장 사이로 언뜻 보이는 배 갑판에는 총이 장착되어 있고 북한군의 감시 눈초리가 매섭다. 섬뜩해진다. 북한 현실이 몸으로 느껴지는 순간 착잡한 마음 가눌 수가 없었다.

아침 햇살에 압록강은 유유히 흐르건만 강물에는 긴장과 아픔이 흐르는 듯 무거운 침묵뿐이다. 강 건너 북한 사람들을 생각하니 마음이 착잡해진다. 세상에서 고립되고 배고픔에 시달리는 북한 땅이 언젠가는 순리의 땅, 사람 사는 땅이 되고, 열린 땅이 되어 우리와 하나 되는 땅이 되리라는 믿음으로 멀리 강물을 바라보았다. 말없이 흐르는 유장한 강물이 우리의 희망은 살아 있다고 침묵으로 말해 주고 있었다.

잠시 착잡해진 마음에 서둘러 백두산으로 향하는 차에 올랐다. 강변 들판은 온통 옥수수밭으로 끝없이 이어지고 나지막한 언덕에는 소박한 농가들이 취락을 이루고 있다. 고졸한 집들은 가난하고 넉넉지 못한 모습이지만 들에서 일하는 농부들의 삶은 소박하지만 건강해 보였다. 한 농촌 부부가 경운기를 타고 들길을 지나간다. 따가운 가을 햇살에 강변 바람을 가르며 부부는 아무 얼굴가림도 없이 들판길을 환한 얼굴 표정으로 달리고 있다. 웃옷을 반쯤 걷어 올리고 경운기를 운전하는 햇빛 그을린 남편 얼굴에 아내의 밝은 얼굴 표정이 순박하고 건강해 보였다. 그들의 삶에는 날마다 땅과의 교감이 있고 순응의 지혜가 있어 저렇게 순박하게 살아가는 것이 아닌가 싶었다.

백두산에 가까워지면서 주위의 산림 경관이 수려해지고 깊어진다. 숲길을 달리는 길이 시원히 뚫리며 다양한 수종에 수목들의 자태가 건장하다. 도로변 순백의 자작나무 숲이 귀족적 운치로 어떤 때는 서정적이고 시적인 분위기를 연출한다.

"백두산 사람들은 보티나무와 함께 살고 보티나무와 함께 죽는다."라는 말이 있다. 자작나무를 이곳 사람들은 보티나무라고 부른다. 백두산 삼마니들은 산삼을 캐면 보티나무 껍질에 싸서 보관하고 껍질에 도시락을 싸놓으면 한동안 변하지 않는다고 한다. 사람도 저 세상으로 돌아갈 때 보티나무 껍질에 싸여 간다고 하니 자작나무는 이곳 사람들에게 영혼의 나무이기도 하다. 러시아에서는 연인들 사이에 흰 자작나무 표피에 사랑의 편지를 써 보내면 사랑이 성사된다고 하여 자작나무는 사랑의 결실을 가져다주는 나무이기도 하다.

백두산 깊은 숲길을 달려 '장백산'이라는 안내소 건물 마당에서 승합차로 정상으로 향했다. 경사가 급하고 굴곡이 심한 가파른 오르막길을 달려 천문봉 정상 휴게소에 도착했다. 눈앞에 갑자기 펼쳐지는 장대한 산등선이 광활한 창공에 묵직한 신비로 다가온다.

천지 정상으로 향하는 마지막 오르막길에서 산 아래를 내려다보니 깊은 계곡과 험준한 산세 사이로 엷은 구름이 서서히 하늘로 올라오는데 마치 서기어린 땅 기운이 오르는 듯 신비하다. 하늘로 올라오는 엷은 구름을 보고 있으니 내가 서 있는 땅이 서서히 내려앉는 느낌이다. 마치 영화관에서 베타박스 영화를 볼 때 몸이 저절로 아래로 내려가는 그런 느낌이다.

북파 정상 천문봉(2,670미터)에 발을 밟으니 천지 하늘은 청명했고 경관은 장엄했다. 백두산 정상은 화산 폭발로 덮인 부석이 회백색을 드러내고 있다. 천지 주변은 외륜산에 해당하는 해발 고도 2,500미터 이상의 16개 봉우리로 둘러싸여 있다. 남북 거리 4.85킬로미터, 동서 거리 3.55킬로미터로 둘레가 14.4킬로미터에 달하는 넓고 깊은 청정 호수가 시야에 들어온다. 영겁의 신비를 간직한 천지는 고요했고 물빛은 신비스러웠다. 바람도 잔잔한 청명한 날, 물빛과 땅빛과 하늘빛이 어우러진 백두산 천지의 경관은 경이로움이었다.

천문봉에서 내려다본 천지 물빛은 바람과 구름빛에 따라 순간순간 변하고 있었다. 흰빛 구름이 천지 수면에 은빛 무늬로 아른거리다가 어떤 때는 마치 은어 비늘이 햇빛에 반짝이는 것 같았다. 회색빛 구름이 지나가면 천지는 수면에 신비로운 명암을 드러내며 한 폭의 수묵화를 그리기도 한다. 백두산 천지는 침묵의 그림이었다.

영겁의 아픔을 이겨낸 천지의 암석

천지 주변, 회백색 암석의 빛깔은 한마디로 신비요 경이로움이었다. 햇빛과 비바람, 그리고 영겁의 세월이 창조해낸 색채의 향연이다. 햇빛에 드러난 금빛, 잿빛, 은빛의 암석은 회백색 바탕에 붉은색과 연분홍, 황갈색과 연보라색이 서로 어우러져 환상적인 색채의 조화가 신비롭기만 하다. 저토록 신비한 색들이 배어 있는 암석에는 자연의 매서움을 견디어 낸 영겁의 아픔이 녹아 있지 않겠는가.

백두산 천지의 하늘빛은 수시로 변하고 있었다. 엷은 흰 구름 사이로 깊고 푸른 하늘이 보이다가도 은회색 구름층이 나타나면 수면은 물 그림자를 드리우며 연보랏빛으로 신비감을 더해 준다. 하늘빛이 물빛이 되고 물빛이 하늘빛이 되는 순간이다. 하늘과 물이 하나 되는 천지의 비경이다. 천지의 물빛에 취하여 내가 홀연히 물빛과 하나 되니 무아의 마음이 고요하다.

서산에 지는 해를 등지고 천문봉 정상을 서서히 내려오는데 나도 모르게 천지 정상을 몇 번이고 뒤돌아보았다. 오랜만에 고향 방문을 마치고 돌아가는 사람이 멀어지는 고향 마을을 자꾸만 뒤돌아보는 심정인지 모르겠다. 누구에게나 본향으로 돌아가고 싶은 본성이 살아 숨쉬고 있지 않은가.

본향으로 다가오는 백두산을 내려오며 고조선과 고구려 발해의 발상지로 한민족의 정기가 살아 숨쉬는 성산, 저 백두산이 있기에 오늘의 우리가 있지 않은가. 통일의 염원이 내 안에 조용히 일렁인다. 저기, 영겁에 솟아 있는 백두산은 우리가 하나 되어야 할 한 민족임을 말없이 말해 주고 있다. 백두산은 침묵의 말이었다.

흙을 만질 때
나는 저절로
착해진다

_ 첼시 플라워 쇼에서 만난 할아버지의 미소

영국은 정원의 나라다. 집에 정원이 없으면 몸에 영혼이 없다고 말할 정도로 영국 국민들에게 정원 일은 자연과 하나 되는 일상적인 삶이다. 찰스 황태자도 "내가 황태자가 아니었으면 정원사가 되었을 것"이라고 말할 정도로 영국 사람들은 정원 일을 좋아하고 사랑한다. 영국에는 정원 산업이 발달하고 정원과 관련된 다양한 행사와 박람회 등이 열리는데 그 중에서도 으뜸은 영국왕립원예학회 RHS: Royal Horticultural Society가 주관하는 첼시 플라워 쇼Chealsea Flower Show다.

매년 5월 마지막 주 런던의 로열 호스피털(왕립병원) 공원에서 열리는 이 행사는 각국의 정원 디자인과 다양한 품종의 꽃과 조경을 보여 주는 세계 최대의 정원 원예 박람회의 하나다. 박람회의 명성에 걸맞게 엘리자베스 여왕 등 왕족과 귀족들도 행사에 참여하고, 또 BBC 등 여러 방송사에서는 현장에 스튜디오를 설치하여 생방송을 하는 등 첼시 플라워 쇼는 영국의 나라 행사였다.

지난봄, 유럽 여행 중에 첼시 플라워 쇼를 관람할 수 있었던 것은 우연이었다. 런던의 저녁 시간 아내와 함께 뮤지컬 'Wicked'를 관람하고 빅토리아 역 부근의 호텔 숙소로 돌아오는데 길가 담벽에 붉은색 글씨로 쓴 'Chealsea Flower Show Bus Stop'이라는 임시 표지판이 눈에 띄었다. 정원을 좋아하는 아내의 의견을 따라 다음날 플라워 쇼를 관람하기로 하였다.

이튿날 아침 서둘러 버스 정류장에 나갔다. 가죽 가방을 어깨에 멘 할아버지 한 분이 출발버스 옆에 서서 승차권을 팔고 있었다. 왕복 티켓을 구입, 공원 입구에 도착했으나 입장권은 이미 예매 방식에 의해 매진되었다는 이야기에 난감하였다. 마침 매표소 앞에서 일단 기다려 보라는 안내원의 말에 기대를 걸고 30여 분을 앉아 있는데 한 할아버지가 티켓 두 장을 보이며 구입 의사를 묻는다. 두말없이 100파운드를 지불하고 입장권 두 장을 구입하였다. 행운이었다.

영국 정원의 아름다움은 한마디로 자연스러움과 단순함에 있었다. 정원은 화려하기보다는 조화와 절제된 아름다움을 살린 공간으로 화초와 나무, 연못과 수로 자연석이 절묘하게 배치된 쉼과 휴식의 공간이었다. 너무 깔끔하게 정돈된 공간이 피로감을 주어서인지 영국 정원에는 풀과 잡초의 아름다움도 살아 있었으며 돌과 담벽의 자연스런 질감을 최대한 살리고 있었다. 자작나무와 돌다리, 그리고 수로의 들꽃들이 자연스럽게 배치되어 있는 '사라 프라이스'의 정원은 휴식과 치유의 공간이었다. 정원은 자연과 사람이 하나 되는 영감의 공간이었다.

정원 공간을 돌아 공원 중앙에 설치된 대형 천막에 들어서니 꽃 전시장의 규모와 다채로움이 한 마디로 장관이다. 다채로운 꽃 정원들이 동선으로 이어져 화사한 색채와 꽃향기가 관람객의 마음을 설레게 한다. 클레마티스^{Clematis}, 큰꽃으아리, 아이리스, 장미, 라벤더, 피오니즈, 달리아, 베르바스컴 등 다채로운 꽃들이 저마다의 색과 자태를 뽐내고 있어 전시장이 마치 화사한 색들의 비구상 그림 같았다.

꽃길을 걸으며 특별히 반가웠던 꽃은 클레마티스였다. 아내가 서초동 집 정원에서 10년 가까이 기르며 특별히 좋아했던 꽃이다. 꽃을 보는 순간 연인이라도 만난 듯 꽃 옆을 떠날 줄을 몰랐다. 평소 사진 찍기를 별로 좋아하지 않았던 아내였지만 그날은 클레마티스와 함께한 아내 사진을 여러 장 카메라에 담았다.

깊고 풍성한 색감의 클레마티스는 담장을 올라가는 줄기꽃으로 형태가 단순하고 색조가 화려하면서도 절제함이 있어 고아한 정취

꽃과 색유리의 공간 연출

를 풍긴다. 자색과 보랏빛 색조의 클레마티스가 흰색과 분홍 클레마티즈와 절묘하게 어우러질 때는 그 환상적인 색조배합이 고아한 한국 여인의 옷차림처럼 보였다.

제주도 돌담 옆에서 보았던 흰색 아가판토스는 긴 꽃줄기들의 시원한 흐름이 시적이고 음악적이다. 눈도 마음도 순해진다. 꽃향기에 취하여 정원을 떠나려는데 나지막한 음성이 들려온다. "꽃은 피고 질 때 참 아픈 거랍니다." 아가판토스 꽃 한 송이가 나를 배웅하며 해준 말이다.

정원 쇼가든 중앙, 한 정원 입구에 사람들이 길게 줄지어 서 있었다. 다가가 보니 한국인 정원 디자이너 황지해의 작품 'DMZ: 금지된 정원'이 설치되어 있다. 뜻밖이었다. 정원의 나라 영국에서 한국인의 정원 작품을 보게 되니 반가웠다. 2012년 쇼가든 부문 금상 수상 작품이라니 더욱 자랑스러웠다. 정원은 전쟁의 상흔이 원형의 숲으로 소생한 비무장지대를 재현한 것으로 전선의 경계 초소와 낡은 철책, 6·25 참전 한국군과 영국군의 군번줄로 만든 조형물, 노병들의 빛바랜 사진과 철모 등이 조형적으로 배치되어 있었다. 이산가족의 편지를 담은 유리병들로 철책을 장식했고 철책을 따라 흐르는 물줄기 주위에는 쑥, 질경이, 머루, 다래, 민들레 등 한국의 들풀과 야생화가 심어져 있어 한국적인 정취가 생생히 살아 있었다. '금지된 정원'은 생태계의 보고가 된 비무장지대를 화해와 치유의 상징으로 표현한 공간으로 현지 언론에서도 가장 홍

아이리스(상)와 클레마티스(하)

미 있는 정원(The most intriguing garden)으로 평가하고 있었다. 엘리자베스 여왕의 남편인 필립 공, 앤 공주, 에드워드 왕자 등 왕실 가족도 관람한 'DMZ 정원'은 전쟁의 상흔이 원형의 숲과 치유의 공간으로 다시 태어나는 자연의 위대한 힘을 보여 준 정원이었다.

마침 현장에 있던 황지해 디자이너와 함께 'DMZ 정원'을 사진에 담아 나오는데 예술의 거리에는 피아노 연주회에 화가들이 화랑에 나와 정원과 꽃 그림을 전시하고 있었다. 한 화랑에서 미모의 중년 화가 '린다' 부인을 만났다. 작약과 과일을 사실적으로 그린 그녀의 화사한 그림이 마음에 들었다. 십여 장의 그림엽서를 구입하니 다른 선물들도 덤으로 넣어 주는 친절을 보인다. 한국에 돌아가 '린다' 부인의 그림 카드로 친구들에게 안부를 전하면 그녀의 넉넉한 마음도 같이 전해질 것 같았다.

첼시 플라워 쇼에서 자연과 예술을 즐기는 영국 사람들을 보면서 이런 생각을 해보았다. 일상에서 꽃과 정원, 흙일을 즐기는 일은 스스로 자신을 정화하고 사랑하는 일이 아닌가. 자신의 소박한 삶을 아름답게 즐기는 영국인의 삶, 그것은 꽃씨를 뿌리고 흙을 만지는 삶에서 이루어지는 것이 아닐까 싶었다. 서정홍 시인이 이렇게 말한다.

내가 가장 착해질 때

이랑을 만들고

흙을 만지며

씨를 뿌릴 때

나는 저절로 착해진다.

빅토리아 숙소로 돌아가기 위해 로열 호스피털 공원 옆, 버스 정류장에 도착했다. 아침에 구입했던 왕복 버스 티켓을 지갑에서 찾는데 오간 데가 없다. 다시 버스표를 사려고 입구에 다가가니 아침에 표를 팔았던 할아버지가 그곳에 서 있지 않은가. 혹시나 하여 "사실 아침에 왕복 버스표를 샀었는데 그만 찾을 수가 없네요."라고 말하자 할아버지가 나를 한번 쳐다보더니 "아, 나 당신 기억하고 있어요." 하며 밝은 미소에 그냥 버스를 타라고 말한다. 길에서 우연히 만난 사람을 기억해 준다는 것도 작은 사랑이다. 정원 일을 사랑하는 할아버지였기에 어린이 같은 미소와 여유로 길손을 대하는 것은 아닐까 싶었다. 사람은 흙은 만질 때 저절로 착해진다고 한다. 그래서 미국의 여류시인 거니Dorothy F. Gurney도 "사람이 정원에 있을 때 그는 어디에서보다 신에게 더 가까이 있는 것이다(One is nearer God's heart in a garden than anywhere else on earth)."라고 말했는지 모르겠다. 여행길에서 만난 노인의 미소가 여운으로 남아 여행자의 마음을 맑게 해준다. 런던의 빨강버스 이층에 앉아 아내와 숙소로 돌아오는 저녁시간. 안복을 누린 봄날의 하루가 꽃향기에 서서히 저물고 있었다.

사랑으로
남아 있는 사람은
영원한 봄길

_에이본 강변의 셰익스피어 시혼

우리 집 식당방에는 판화 한 점이 걸려 있다. 1992년 아내와 함께 셰익스피어 생가를 처음 방문했을 때 구입한 그림이다. 영국의 유명 화가 존 브런스돈John Brunsdon이 제작한 이 작품은 녹색 모노톤의 그림으로 셰익스피어 생가의 봄날 풍경을 담고 있다. 신록의 마당이 봄의 생동감으로 충만해 있어 좋아하는 그림이다. 판화 옆에는 20년 전 성탄절에 눈 내리는 셰익스피어 생가 마당에서 찍은 아내의 사진이 걸려 있다. 봄날의 셰익스피어 생가를 담은 판화와 눈 내리는 겨울날의 생가를 담은 사진은 계절의 흐름에서 서로가 잘 어울리는 한 쌍의 작품이 된다. 그리고 보니 우리 가족은 사계절 셰익스피어 생가 마당 앞에서 식사를 즐긴 셈이니 두 작품이 새

셰익스피어 생가, 겨울과 봄

삼 의미 있게 다가온다.

영국에 유학하는 아들 집을 방문하는 길에 아내와 함께 셰익스피어 생가를 다시 방문키로 하였다. 아들 집이 있는 버밍엄에서 남동쪽으로 50분을 차로 달려 잉글랜드 중심부를 흐르는 에이번 강가에 자리잡은 스트랫포드 어폰 에이번Stratford upon Avon을 찾았다. 영국의 문화유산 도시 가운데 하나로 세기의 위대한 시인이자 극작가인 윌리엄 셰익스피어의 생가가 있고, 전통적인 시골 마을의 고풍스러움이 그대로 살아 있는 아름다운 도시다.

공원 입구에 셰익스피어 동상이 이곳을 찾은 사람들을 맞고 있는데, 동상 너머 에이번 강변의 평화로운 봄날 전경이 눈에 들어온다. 강물에 백조와 흑조 떼가 유유히 떠 노니는데 할머니 한 분이 모이를 던지니 이것들이 군무를 추듯 모여든다. 몇 차례 반복하다 모이가 바닥이 났는지 백조 떼가 할머니 곁을 떠나 멀리 사라진다. 웬걸 흑조 한 마리는 떠나지 않고 할머니 앞을 계속 맴돌다가 강변에 올라와 목을 쳐들어 할머니를 보며 꽥꽥거린다. 마치 할머니에게 "왜 저에게는 모이를 주지 않으셔요?"라고 큰소리로 떼를 쓰는 모습이다. 할머니는 "그래, 미안해. 다음에는 너를 기억해 다시 오마."라고 달래는 듯 고개를 숙이신다. 할머니의 백조 사랑하는 마음이 에이번 강변에서 한 폭의 그림이다.

봄바람 부는 강변길을 거니는 일은 즐거운 일이다. 유유히 산책하는 노부부의 모습, 잔디밭에서 뛰노는 어린아이들의 생기발랄

한 모습과 체조를 즐기는 젊은이의 모습을 보니 공원은 사람들에게 쉼과 위로를 가져다주는 평화로운 공간이다. 공원 조경을 관리하느라 허리 굽혀 일하는 사람, 관광객이 내린 배를 선착장에 매기 위해 밧줄을 힘겹게 끌어당기는 배주인의 고된 모습을 보면서 평범한 사람들의 세상사는 모습이 새삼 소중하게 다가왔다.

셰익스피어 생가에 이르는 거리 모습은 전통적인 영국의 시골 마을 풍경이었다. 고풍스러운 작은 집들이 연이어 있는데 어떤 집은 건물의 형태가 곡선으로 그린 그림 같아 마치 동화에서 나오는 정겨운 집으로 보였다. 옛 모습을 그대로 간직하고 있는 호텔이나 상가는 흰 벽면에 통나무를 살려 투박한 아름다움을 드러내고 있다. 상가의 인형 같은 간판은 하나하나가 그림이고 동화였다. 레스토랑의 간판 이름이 특이하여 점심때 우연히 들른 'Dirty Swan' 식당은 나중에 알고 보니 도시에서 가장 유명한 펍의 하나로 유명 배우들도 드나드는 곳이라고 한다. 피시 앤 칩이 일품인가 했더니 창밖으로 보이는 에이번 강변의 봄날 전경은 더없이 평화롭고 테라스에 앉아 친구들과 어울려 맥주잔을 기울이는 사람들의 모습은 강물처럼 유유하였다.

헨리 거리Henry Street에 위치한 셰익스피어 생가를 20년 만에 다시 찾으니 감회가 새로웠다. 반은 목재로 지어진 생가건물은 세월이 정지된 듯 옛날 모습 그대로였다. 셰익스피어가 태어나 유년과 청년 시절을 보냈다는 그곳, 우리 부부가 처음 이곳을 방문했던 때는 성탄절 겨울날이었으나 이번에는 마당에 장미꽃이 피어 있는 봄날 노부부가 되어 방문한 것이다. 처음 호기심의 대상이었던 생가는 이제 반가움으로, 그리고 고향집 같은 친근함으로 다가왔다. 세월의 향기가 배어 있는 황토색 벽면에 올라간 노랑 덩굴장미 한 송이는 마치 셰익스피어 시혼의 향기로 다가왔다. 마당을 배경으로 아내의 모습을 카메라에 담는데 20년 세월에도 아내의 모습은 사랑스러웠다. 서로가 살아오며 지금 우리가 있음에 감사했다.

생가를 나와 셰익스피어 책방에 들르니 서점 안은 방문객으로 붐빈다. 1916년 53세로 작고한 셰익스피어는 성 트리니티 교회Holy Trinity Church 안에 고요히 잠들어 있지만 그의 시혼과 시어는 시간을 초월하여 지금도 살아 있다. 책방 옆문 앞, 호젓한 마당은 시혼이 살아 숨쉬는 공간이다. 고옥 측면을 보니 세월의 향기가 살아 숨쉬는 황갈색 벽면에는 질박한 통나무 무늬가 들어가 있어 고졸한 아름다움을 드러내고 있다. 불현듯 오래 전 방문했던 예산 수덕사 대웅전의 측면 벽의 아름다움이 생각난다. 고려 불교 건축의 정수인 대웅전 우측 벽면은 구도의 비례체계와 기둥들의 연결과 흐름이 참으로 절묘하였다. 아침 햇살을 받은 밝은 황갈색 벽면은 천년 세월이 스며들어 은은한 회갈색 색조의 기둥과 평안히 어울렸다. 어디서나 오랜 세월의 향기가 녹아 있는 흔적은 우리에게 고요함과 평안함으로 다가온다.

셰익스피어 책방 외벽의 외줄기 장미

셰익스피어의 삶이 살아 숨쉬고 있는 도시 스트랫포드 에이번을 떠나며 강변 선상의 '바지 갤러리The Barge Gallery'를 찾았다. 진홍색 깔의 긴 배를 갤러리 전시실로 개조한 것인데 유화 그림과 사진첩을 전시하는 공간이다. 갤러리에서 마주한 동화집 그림과 과일 정물화의 화사한 색조가 여행자의 마음에 생기를 돋아 준다. 선상 갤러리 코너에 뜻밖에 세기의 여우 오드리 헵번의 사진첩이 전시되어 있다. 셰익스피어 고향에서 만난 청순한 모습의 오드리 헵번. 그녀의 얼굴 표정은 맑고 선하기에 그지없이 아름답다. 말년에 아프리카에서 봉사의 삶을 살고 떠난 그녀의 삶은 영원한 사랑을 살다 간 삶이다. 그녀는 스스로 사랑이 되어 한없이 봄길을 걸어간 사람이다. 셰익스피어 고향에서 마주한 오드리 헵번의 얼굴 표정이 고향의 봄길처럼 푸근하다. 에이번 강가에서 만난 그녀의 선한 눈빛이 환한 목소리가 되어 봄날 강변을 곱게 수놓고 있다.

화해와
긍정의 목소리
'그래'

__바닥이 발에 닿아야 발을 딛고 일어서는 것

오랜만에 소설을 읽었다. 처음 제목을 보고 그렇게 마음이 내키지 않는 책이었는데 그것도 하룻밤 사이에 다 읽어 내려갔다. 평소 소설을 가까이 하지 않았던 내게 『허삼관 매혈기』는 소설의 묘미를 일깨워 준 책이다.

『허삼관 매혈기』는 1996년 중국의 작가 위화가 발표한 소설로 출간되자마자 그해 『인민일보』에 의해 '올해의 최고 소설'로 선정되어 단숨에 베스트셀러에 오른 화제작으로 지금도 스테디셀러로 많은 독자들의 호평을 받는 작품이다. 소설의 주인공 허삼관이 자신의 피를 팔아 고달픈 삶을 살아가는 인생여정을 다룬 이 작품은 중

국현대사의 큰 굴곡을 이루었던 국공합작과 문화대혁명이라는 거센 물결을 무리 없이 작품 속에 수용하며 매혈이라는 어두운 소재를 생생한 긍정의 삶으로 그려내고 있다.

가난한 노동자 허삼관에게 피를 파는 일은 그가 건강하다는 징표이고 또 돈도 벌 수 있는 일이어서 필요하면 피를 판다. 그는 젊은 날 피를 팔아 모은 돈으로 다른 남자와 사귀고 있던 허옥란과 결혼을 하고 세 아들―일락, 이락, 삼락을 얻는다. 그러던 어느 날 큰아들 일락이가 자신의 친아들이 아니라 아내의 애인이었던 하소영의 자식임이 밝혀진다. 분노한 허삼관은 일락이를 친아버지 하소영에게 보내지만 하소영은 일락을 받아들이지 않고 문전박대해 버린다. 어느 날 저녁 허삼관은 외롭고 배고픔에 지쳐 길거리에 쪼그려 앉아있는 일락이를 자신의 아들로 받아들인다.

삶의 고비가 닥칠 때마다 허삼관은 피를 팔아 돈을 마련하여 자식들을 키운다. 문화대혁명이 일어나고 허삼관의 집에도 고비가 닥치지만 특유의 강인성과 긍정성으로 바닥을 치고 올라오며 난관을 극복해 나간다. 그러던 어느 날 일락이 병을 얻어 입원하게 된다. 병원비를 마련하기 위하여 또 다시 피를 판 허삼관은 그만 무리하여 쓰러지고 만다. 다행히 병원으로 옮겨져 목숨은 구하게 된다. 그 후 세월이 흘러 허삼관이 난생 처음으로 자신이 먹고 싶은 고기를 사기 위해 그의 피를 팔려고 하지만 늙고 병든 탓에 이제는 아무도 자신의 피를 사주지 않는 현실이 서글퍼진다. 아내의 위로를 받은 허삼관은 아내가 식당에서 사준 고기로 식사를 하고 지난날을 회상하며 집으로 돌아간다.

소설 속에서 허삼관 가족의 고달픈 삶이 생생히 표출되면서 삶의 바닥에서는 원색적 욕구와 분노가 분출하는가 하면, 어떤 때는 불신과 충돌로 긴장이 고조되기도 한다. 그런가 하면 소설에서 간간이 육감적인 묘사로 호기심을 유발하기도 하고 멀리 강물에 굽이치는 산들의 어슴푸레한 그림자와 강변 갈대밭의 서걱거림이 서정적이고 음악적인 분위기로 잠시 숨을 고르게 한다. 긴장과 이완이 유머와 위트로 엮어지면서 허삼관 가족의 삶이 서서히 나에게로 다가온다.

매혈의 삶. 바닥 인생의 아픔과 상처 그리고 외로움과 눈물의 삶이 연민과 화해의 삶으로 살아나는 것을 보면서 세상의 모든 삶은 시간의 흐름 안에서 참으로 신비하고 소중함을 다시 일깨워 준다.

세상에 태어나 삶을 위해 피를 파는 사람들, 자신을 황폐화하고 생명을 희생하는 이들의 삶은 과연 우리들에게 무엇인가.

허삼관 가족의 삶 앞에서 내가 작아지는 이유는 그들의 치열한 삶이 '있는 그대로의 그들'이 살아가는 삶 바로 가식 없는 삶이라는 것,

그리고 무엇보다 고달픈 삶의 여정에서 온몸으로 바닥을 치고 일어서는 그들의 강인한 모습들이 더없이 소중하게 여겨지기 때문이다.

세상에서 그런대로 삶을 살아온 사람은 일상에서 만나는 작은 아픔도 두려워하고, 또 어떤 때는 내 안의 상처와 어두운 바닥을 의식적으로 외면하면서 살아오지 않았던가. 내 안의 어두운 바닥을 정직하게 받아들이는 것이 다시 바닥에서 일어서는 길인데도 이를 회피하며 살아오지 않았던가. 여기 정호승 시인이 바닥을 말한다.

바닥까지 가본 사람들은 말한다
결국은 바닥은 보이지 않는다고
바닥은 보이지 않지만 그냥 바닥까지 걸어가는 것이라고
바닥까지 걸어가야만 다시 돌아올 수 있다고

바닥을 딛고 굳세게 일어선 사람들도 말한다
더 이상 바닥에 발이 닿지 않는다고
발이 닿지 않아도 그냥 바닥을 딛고 일어서는 것이라고

바닥의 바닥까지 갔다가 돌아온 사람들도 말한다
더 이상 바닥은 없다고
바닥은 없기 때문에 있는 것이라고
보이지 않기 때문에 보이는 것이라고
그냥 딛고 일어서는 것이라고

허삼관 가족의 삶. 일탈과 상처와 얼룩과 외로움으로 점철된 삶이었지만 온 존재로 바닥을 딛고 일어선 그들이었기에 그리고 그들의 삶이 가식 없는 '있는 그대로의 정직한 삶'이었기에 이들은 화해와 희망의 삶으로 다시 태어나지 않는가.

고된 삶을 살아온 허삼관이 친자식이 아닌 일락이를 자신의 아들로 받아들이는 화해의 목소리는 책을 덮고서도 긴 여운으로 남는다.

엷은 보랏빛 어둠이 내려앉은 저녁,
외롭고 배고픔에 축 처진 어깨에 고개를 푹 떨군 일락이―
이 모습을 보고 그 앞에 쪼그려 앉은 허삼관의 무뚝뚝한 목소리
"자, 업혀라."

승리반점의 환한 불빛이 들어오자 일락이 조심스럽게 묻는다.
"아버지, 우리 지금 국수 먹으러 가는 거예요?"

"그래."

참으로 오래 기다려 온 아버지의 화해와 긍정의 목소리,
사람의 본성에서 우러나오는 선한 목소리가 아닌가!
허삼관의 온화한 화해의 목소리가 밤하늘 별빛 여운으로 남는다.

마음에 담은 그림은
내 안에서
영원한 것

__케임브리지에서 만난 세잔의 사과 정물화

   화창한 봄날, 남부 프랑스의 아름다운 항구도시들을 잇는 해변길의 풍광은 더없이 화사하고 평화롭다. 차창 밖에 스치는 지중해의 쪽빛바다와 눈부신 하늘에 언덕길 라벤더의 보랏빛이 마음을 설레게 한다. 천천히 지나가는 차창 밖 풍경. 찻길 담장에 노랑 덩굴장미가 피어 있는데 집주인이 담벼락을 온통 노란색으로 색칠을 해 놓았다. 노랑 담벽에 노랑장미가 살아 있으니 마당이 온통 환희의 축제 분위기다. 노랑장미를 위해 노랑 담벽을 만들어 준 집주인의 장미사랑이 각별한 사랑으로 다가왔다.

   남 프랑스 여행길의 매력은 풍광에 더하여 아름다운 여인의 미소와 예술에서 살아 넘친다. 지난 봄, 앙티브에 있는 그리말디 성 Chateau Grimald의 피카소 미술관을 나오는데 왼편으로 작은 갤러리 간판이 보인다. 호기심에 들르니 여주인이 다소곳이 앉아 책을 읽고 있다. 모파상의 부부 사랑 이야기에 빠졌는지 길손에게는 아랑곳하지 않는다. 공간에 흐르는 음악 선율이 감미롭다. 음악이 아름답다는 방문자의 말에 갤러리 주인이 일어서며 미소로 응답하며 반가워한다. 매력적인 여주인의 조용한 미소에 갤러리 그림들이 다시 살아나는 느낌이다. 여행길에서 만난 여인의 미소가 생기를 가져다준다. 갤러리를 나와 경사진 오른편 광장에 이르니 적색 벽돌의 앙티브 대성당 Cathedrale D'Antibes이 서 있다. 성당에서 마침 음악회가 있는 날이다. 성당 안에 들어서니 니스 앙상블 합창단의 노래에 이어 브람스와 멘델스존 곡의 선율이 청아하게 흐르고 있다. 바닷가 성당 안에 울려 퍼지는 은은한 음악선율은 지중해를 봄빛으로 적시며 여행객의 마음에 고요와 평화를 가져다준다. 여행길 음악은 가뭄에 단비 같은 촉촉한 기쁨을 가져다준다.

남부 프랑스의 부르주아 도시 엑상프로방스는 눈부신 빛과 색, 그리고 그림과 음악이 살아 숨쉬는 아름다운 예술의 도시다. 화사한 햇살에 오크르ocre 색조의 독특한 프로방스 황톳빛 길을 달려 시내에 들어서니 분수의 거리에 세잔의 동상이 화구를 멘 모습으로 여행객을 맞는다. 엑상프로방스는 세잔의 도시라 할 정도로 도시 곳곳에 세잔의 흔적이 남아 있다. 세잔이 젊은 날 친구들과 어울렸던 카페와 세잔의 부친이 살았던 집, 그리고 길거리 이름에도 세잔의 이름이 남아 있었고, 가게에도 세잔 그림을 복사한 기념품이 즐비하다.

시내 중심가인 Cours Mirabeau에 이르니 굴곡진 중세식의 좁은 골목길이 눈부신 햇살에 그 풍경이 인상적이다. 햇살이 골목길 안으로 음영을 드리우니 굴곡의 담벽들이 만들어낸 고요한 회색조의 전경이 권옥연 화백의 그림을 닮았다. 사람들의 삶이 녹아 있는 옛 골목길이 고요하고 정감 넘치는 공간으로 다가오니 그 길을 불현듯 걷고 싶어진다.

카페 앞 의자에 앉으니 화사한 옷차림의 한 젊은 여인이 경쾌한 걸음으로 햇빛 눈부신 광장을 지나간다. 그녀의 색감 넘치는 옷차림이 공간을 잠시 압도한다. 맑은 청보랏빛 원피스에 분홍빛 작은 핸드백이 돋보이는 젊은 여인의 사뿐한 걸음걸이가 마치 홍학 군무의 율동처럼 경쾌하다. 해맑은 봄날, 여인은 누구를 만나러 가는 길이기에 저렇게 농익은 색조의 화사한 옷차림으로 길을 나섰을까. 영화 속의 한 장면으로 잠시 상상의 나래를 펴 보니 이 또한 여행자의 작은 즐거움이다.

광장 거리는 투명한 햇살에 온통 색의 에너지로 넘친다. 광장 건물에 게양된 프랑스와 유럽연합 국기의 청홍백 3색 빛깔이 짙푸른

엑상프로방스의 골목길

하늘색을 배경으로 더없이 산뜻한 느낌이다. 원색의 순수한 색이 눈부신 햇살을 만나니 더욱 강렬한 느낌을 준다. 새삼 투명한 빛이 색을 살아 숨쉬게 함을 실감한다.

엑상프로방스 방문길에 후기인상파 화가 폴 세잔Paul Cezanne의 아틀리에를 찾았다. 1839년 엑상프로방스에서 은행가의 아들로 태어난 세잔은 유복한 가정에서 별 어려움 없이 자랐다. 당시 모자 제조업에서 출발하여 은행가로 출세한 아버지의 권고에 따라 세잔은 19세 때 엑상프로방스 대학교의 법학과에 입학하였으나 법률 공부보다는 그림 그리기에 열중하였다. 그러자 아버지는 별장에 화실까지는 만들어 주면서도 아들이 화가가 되는 것에는 완강히 반대하였다. 그러나 어머니의 끈질긴 설득으로 세잔은 아버지의 승낙을 받아 1861년, 그의 나이 22살에 파리로 나와 아카데미 쉬스에서 본격적인 그림 공부를 시작했다. 하지만 젊은 화가들의 데뷔의 장인 살롱전에서 번번이 낙선하게 된다. 세잔은 혼자 루브르 박물관에서 루벤스, 고야 등 위대한 화가들의 그림을 보며 자신만의 독특한 화법으로 그림 그리기를 계속했다. 세잔은 43세가 되던 1882년 'L.A의 초상화가' 살롱에 입선했다. 여기서 그는 인상파와는 달리 단순화된 면과 색으로 대상의 본래 모습을 입체적으로 표현하는 그림들을 그리기 시작하여 훗날 현대 미술의 기반을 닦게 되었다.

1869년 세잔은 모델 오르탕스 피케를 만난다. 당시 그녀의 나이는 열아홉 살이었고 세잔은 서른 살이었다. 3년 후 두 사람 사이에 아들 폴이 태어났지만 집안에 알릴 수가 없었다. 세잔의 가족들은 물론 친구들조차 오르탕스와의 만남을 달갑지 않게 생각했기 때문이다. 오르탕스는 온갖 역경에서도 세잔의 아내로서 그의 모델 일에 충실했다. 세잔은 나이 47세에야 그녀와 결혼을 하게 된다. 그는 1890년부터 오르탕스 피케를 모델로 23점이 넘는 초상화를 그렸다. 나이 오십에 아버지의 막대한 유산을 물려받아 경제적으로 자유로워진 세잔은 아내와 아들을 파리에 남겨둔 채 고향 엑상프로방스에서 그림 그리기에 전념하게 된다.

엑상프로방스의 한적한 교외 길가에 위치하고 있는 세잔의 아틀리에는 입구에 세잔 이름이 새겨진 돌판이 돌담에 설치되어 있다. 입구문을 들어서니 단조한 2층 건물이 숲 속에 세워져 있다. 계단을 올라 2층 화실 입구 창문을 내다보니 탁 트인 시야로 멀리 남프랑스의 아름다운 산세가 눈에 들어온다. 높은 천장의 화실은 오른편에 작은 창살을 이어 만든 큰 창문이 보이고 맞은편 창문으로는 조용한 숲길 정원이 보인다. 아틀리에 실내는 세잔이 자주 그렸던 정물화의 사과 모형과 그가 생전 사용했던 화구들이 놓여 있다. 이 화실에서 세잔은 사과 정물화를 비롯한 여러 작품들을 제작하였는데 그 가운데 1906년의 '대수욕도'는 절제된 색채와 리듬감 있는 터치로 벌거벗은 여인들과 하늘과 물, 그리고 나무들을 균형 잡힌 구도로 배치하여 새로운 공간 질서를 창조한 걸작으로 평가되고 있다. 실로 백여 년 전 지금

내가 서 있는 이 공간에서 수욕도 제작에 몰입했을 세잔의 모습을 상상하니 홀연히 화가와 함께하는 느낌이다. 화가는 세상을 떠나 있어도 나는 지금 여기서 그 삶의 언저리를 맴돌면서 세잔의 향기를 느낄수 있으니 살아 있는 자의 축복이다.

아틀리에를 내려와 정원 마당의 녹색 벤치에 앉으니 숲 속의 바람결이 순하고 싱그럽다. 숲의 향기에 취하여 의자에 앉아 쉬고 있는데 전날 엑상프로방스 근교 마을에서 한참을 바라보았던 생트 빅투아르 산이 내게 다가온다. 산은 백운석이 많은 석회석의 바위산으로 해발 천 미터 가까이 되는데 밝은 대낮의 빛을 받아 희고 밝은 섬광을 뿜어내는 듯했다. 세잔의 고향인 엑스 마을에서 바라본 생트 빅투아르 산은 어릴 때부터 그에게 꿈과 동경의 대상이었다. 말년의 세잔은 이 산을 지칠 줄 모르는 열정으로 60여 차례나 반복해서 그렸다고 하니 그가 얼마나 산에 대한 애착이 깊었는지 알 수 있다. "나는 자연을 바라보면 머리가 늘 맑아진다. 하지만 불행하게도 그 산뜻함을 그려낸다는 것은 고통스런 작업이었다. 나는 가슴에 다가오는 자연의 감동이나 생동하는 색채의 풍요로움을 온전히 따라갈 수가 없었다."라고 말한 것은 세잔이 자연과 함께하고 싶은 그의 순수한 심정을 표현한 말이 아니겠는가. 세잔이 일생 동안 반복해서 그린 생트 빅투아르 산은 실제 산의 모습을 묘사하기보다는 그가 평소 마음에 지녔던 꿈과 자연 속에 하나 되고자 하는 본향에의 그리움, 그리고 그가 평생 갈구했던 영원성을 담은 것이 아닌가 싶다.

세잔은 1906년 10월 15일 저녁, 야외에서 그림을 그리고 돌아오는 길에 소나기를 만나 급성 폐렴으로 사경을 헤매다가 끝내 회복되지 못하고 67세로 현대 미술의 아버지로서의 삶을 마감한다. 그는 마음의 본향으로 돌아가 생트 빅투아르 산의 영원성 안에서 지금도 살아서 우리와 함께 머물고 있는 것은 아닐까 싶다. 능소화 줄기가 담장을 곱게 장식하고 있는 아틀리에 집을 나서는데 며칠 전 케임브리지 대학 미술관에서 보았던 세잔의 '사과 정물화'가 봄날의 꽃향기를 타고 눈앞에 아른거린다. 마음에 머문 그림은 시공을 넘어 항상 내 안에 살아 있다. 마음에 담은 그림이 노년의 나를 풍요롭게 한다.

'아름다움만 사랑하지 말고,
아름다움이 지고 난 뒤의
정적까지
사랑하십시오'

    주말이면 가끔 혼자서 청계산을 간다. 집에서 가까울 뿐 아니라 바위가 없는 육산이어서 걷는 느낌이 편하기 때문이다. 청계산 관현사 입구의 완만한 산길을 오르다 보면 오른쪽으로 계곡을 두고 걷는 길이 운치가 있다. 비 갠 봄날 아침, 신갈나무의 새잎은 밝은 햇살에 눈부시게 빛나고 바람에 날리는 벚꽃잎의 율동은 라흐마니노프의 뱃노래 선율처럼 경쾌하다. 초여름에는 흰색과 보라색의 도라지꽃들이 뒤섞여 우아한 색의 아름다움을 보여 주지만 봄날 벚꽃의 화려함에는 미치지 못한다.

    오늘은 봄날 아침기운이 상쾌하다. 인적이 없는 동네 뒷길을 오르니 산비탈로 이어진 호젓한 오솔길이 몰래 환해진다. 산바람에 꽃향기가 싱그럽다. 아침 햇살에 왕벚꽃의 화사함이 눈부시다. 잔잔한 바람결에 꽃잎 날리는 모습이 마치 봄눈 내리는 전경이다. 꽃길에 새소리도 경쾌하다. 봄날의 새소리는 참을 수 없는 기쁨이 넘치는 합창소리다. 바람결의 감미로운 율동에 벚꽃 가지들도 흥에 겨워 흔들린다. 가는 떨림이 새소리와 어울리니 꽃들의 환상적인 춤이다. 봄날 아침 꽃잎의 맑은 전율에 김상미 시인의 시 「질투」가 그만 '그리움'의 시로 다가온다.

질투

옆집 작은 꽃밭의 채송화를 보세요
저리도 쬐그만 웃음들로 가득찬
저리도 자유로운 흔들림
맑은 전율들

내 속에 있는 기쁨도
내 속에 있는 슬픔도

태양 아래 그냥 내버려두면

저렇듯 소박한 한 덩어리의 작품이 될까요?

저렇듯 싱그러운 생 자체가 될까요?

벚꽃가지의 흔들림을 보며 나도 잠시 "저리도 자유로운 흔들림/
맑은 전율"이 될 수 있을까 상상해 본다. 스스로 온전히 자신을 비
운 사람만이 즐길 수 있는 저 맑은 전율이라 생각하니 시인의 시어
처럼 나도 저 꽃의 흔들림에 질투할 수밖에 없지 않은가. 질투가
있어도 오늘 아침은 행복한 봄날 아침이다.

몇 해 전 다녀온 진해 벚꽃 구경이 생각난다. 무박 2일 일정으로
토요일 밤, 고속버스로 출발해 자다 깨다 하면서 진해에 도착했다.
잠에서 깨어 차창을 통해 밖을 보는 순간 벚꽃이 만개한 진해는 첫
눈 내린 아침처럼 온 거리가 온통 눈부시다. 누군가는 "벚꽃이 일
시에 피어 절정을 이룰 때면 태양 아래서도 그 화려함을 자랑하기
가 모자라 밤거리마저 술렁인다."고 했지만 벚꽃처럼 한순간에 사
람을 끌어당기는 꽃은 없는 듯하다.

벚꽃길에는 언제나 사람이 많지만 꽃길에 선 사람들 모두가 아
름답게 보인다. 시골에서 나들이 온 듯한 나이 든 부부가 번갈아
사진을 찍는다. 부인은 처녀시절의 자태를 보이고 싶어 휘늘어진
벚꽃가지를 살며시 잡으며 이리저리 포즈를 취해 보는 모양이다.
이를 카메라에 담은 남편도 행복해 보인다.
꽃바람이 사랑을 만들고 있다. 언뜻 봄바람이 얼굴에 와 닿는다.

바람결에 날리는 벚꽃잎의 물결이 잠시 생각을 멈추게 한다. 꽃들이 다 떨어지고 나면 자취 없이 사라지게 될 아름다움, 아름다움이 지고 난 뒤의 정적은 우리에게 무엇을 말해 줄까. 도종환 시인은 이렇게 말한다.

> 피었던 꽃이 어느새 지고 있습니다.
> 화사하게 하늘은 수놓았던 꽃들이
> 지난 밤비에 소리 없이 떨어져
> 하얗게 땅을 덮었습니다.
> 꽃그늘에 붐비던 사람들은 흔적조차 없습니다.
> (중략)
> 꽃 한 송이 사랑하려거든 그대여
> 생성과 소멸, 존재와 부재까지 사랑해야 합니다.
> 아름다움만 사랑하지 말고 아름다움지고 난 뒤의
> 정적까지 사랑해야 합니다.
> 올해도 꽃 피는가 싶더니 꽃이 지고 있습니다

며칠 전, 얼굴박물관의 조경자 관장님이 전화를 하셨다. 남한강변의 버들 벚꽃이 마지막 한창이니 서둘러 한번 들르라는 말씀이다. 내일은 비가 내린다는 일기예보에 오후 늦은 시간, 서둘러 아내와 함께 남한강변을 찾아 나섰다.

광주 남종면에 이르니 이미 날은 어둑어둑해지고 가는 봄비마저 내리고 있다. 연보랏빛 어둠이 내린 남한강은 저녁안개에 신비한 분위기를 연출한다. 초저녁 봄비에 감상하는 버들 벚꽃의 아름다움은 화창한 날의 그것과는 달리 애련함이 있다. 화사함을 보랏빛 어둠에 서서히 감추고 있는 벚꽃의 아름다움은 소멸하는 아름다움이어서 그런지 더 마음이 끌린다. 도종환 시인의 시구가 생각난다. "꽃은 진종일 비에 젖어도 향기는 젖지 않는다." 봄꽃은 비에 묻혀가도 향기는 살아 숨쉬고 있다.

　실비 내리는 봄날 저녁, 꽃들은 어둠에 아름다움을 서서히 감추며 사라지고 있다. 사라짐은 신비한 아름다움이다. 그것은 그리움이 살아 숨쉬는 영원한 아름다움이다. 황병기 선생님은 가야금 소리가 아름다운 것은 소리가 사라지기 때문이라고 말한다. 사람에게도 사라짐이 있어 삶이 더 소중하고 아름답지 않은가. 사라짐, 그것은 하늘이 세상에 내린 신의 선물이 아닌가 싶다. 사라짐의 신비 앞에 고요히 머무르고 싶은 봄날 저녁, 홀연히 마음에 차오르는 불빛 하나 강물에 아른거린다.